不埋没一本好书，不错过一个爱书人

汪曾祺
文库本

❷

受戒

汪曾祺 — 著
杨早 — 主编

金城出版社
GOLD WALL PRESS
·北京·

图书在版编目（CIP）数据
受戒/汪曾祺著;杨早主编.—北京:金城出版社有限公司,2024.3（2025.5重印）
（汪曾祺文库本）
ISBN 978-7-5155-2497-9

Ⅰ.①受… Ⅱ.①汪… ②杨… Ⅲ.①中篇小说—小说集—中国—当代 ②短篇小说—小说集—中国—当代 Ⅳ.①I247.7

中国国家版本馆CIP数据核字(2023)第156079号

汪曾祺文库本：受戒
WANGZENGQI WENKUBEN: SHOUJIE

作　　者　汪曾祺
主　　编　杨　早
责任编辑　杨　超
责任校对　欧阳云
责任印制　李仕杰
开　　本　880毫米×1280毫米　1/64
印　　张　4.25
字　　数　96千字
版　　次　2024年3月第1版
印　　次　2025年5月第2次印刷
印　　刷　文畅阁印刷有限公司
书　　号　ISBN 978-7-5155-2497-9
定　　价　38.00元

出版发行　金城出版社有限公司　北京市朝阳区利泽东二路3号
邮政编码：100102
发 行 部　（010）84254364
编 辑 部　（010）64210080
总 编 室　（010）64228516
网　　址　http://www.jccb.com.cn
电子邮箱　jinchengchuban@163.com
法律顾问　北京植德律师事务所　（电话）18911105819

出版说明

文库本是源自德国、日本的一种图书出版形式，一般为平装64开，以开本小、易于携带、方便阅读、定价低为主要特点，如日本著名的“岩波文库”“新潮文库”等，一般在精装单行本之后发行。能够出版文库本，意味着作品已经深受读者欢迎，出版方希望让更多的人以更简便的方式获得。

汪曾祺的作品非常适合做成文库本。不仅因为其篇幅短小、读者众多，也因为文库本的形式更契合汪曾祺文字闲适、淡雅的气质。

读者现在看到的，便是汪曾祺先生自1949年出版第一本书（小说集《邂逅集》）以来的第一个文库本。

据2019年出版的《汪曾祺全集》统计，汪曾祺一生写下约250万字的作品，以散文（包含随笔、小品文、文艺理论）、小说为主，另有戏剧、诗歌、书信等。文库本分10册，编为小说3册、散文5册、戏剧1册、书信1册，基本涵盖了所有体裁。

汪曾祺的小说共有162篇，约70万字。文库本编入47篇近22万字，辑为第1册《异秉》（早期作品：1940—1962年创作）、第2册《受戒》（中期作品：1979—1986年创作）、第3册《聊斋新义》（晚期作品：1987—1997年创作）。

汪曾祺的散文共有550余篇，约120万字。文库本编入116篇近33万字，辑为第4册《人间草木》（谈草木虫鱼鸟兽）、第5册《人间至味》（谈吃）、第6册《山河故人》（忆师友）、第7册《桃花源记》（游记）、第8册

《自报家门》（说自己）。

汪曾祺的戏剧有19部，约33万字。文库本编入3部近7万字，辑为第9册《沙家浜》。

汪曾祺的书信有293封，约16万字。文库本编入63封近8万字，辑为第10册《写信即是练笔》。

本书使用的文本，以初版本或作者改订本为底本，参校初刊本、作者手稿及手校本等。原文缺字以□代替；可明确的底本误植，由编者径改；底本与他本相抵牾者皆采用现行规范用法。正文中作者原注和编者注均以脚注形式标在当页，编者所做的必要注释以“编者注”字样标出。原文末尾作者未标出写作时间的，统一补充写作或初刊、初版时间。

本书全部文本由李建新审订，他对汪曾祺作品的校勘工作获得了汪先生家人与研究界的普遍认可。

汪曾祺文库本不求面面俱到，不照顾研究

需要，所愿者，是将汪先生最精彩的文本，最适合随时随处阅读的文字，以最适当的篇幅、形式呈现给读者。汪先生曾有言：短，是对现代读者的尊重。文如此，书亦如此。

序言

1980—1983年，有研究者称这是汪曾祺小说创作的“黄金四年”。

1980年8月12日，汪曾祺用两个上午写成了《受戒》。《受戒》写成之后，汪曾祺给剧团几位要好的同事看过，他们看了都很激动，觉得美，梁清濂还发出了汪曾祺当初看沈从文小说时的感叹：小说原来可以这样写！不过，同事们都认为这篇小说没地方发表。

《受戒》发表之后，震动文坛。读者们到处打听：汪曾祺是谁？后来北京门头沟一位公社书记告诉汪曾祺：有一天，他们公社的大队书记会，开完收拾会场时，发现会议桌的塑料台布上有一些用圆珠笔写的字。这些字迹是对面坐着的两位大队书记写的，一人写一句，写的是《受戒》里明海和小英子的对话。

但是《受戒》也引发了不小的争议，也没能获得当年的全国短篇小说奖。“小和尚谈恋爱的故事”有什么意义？当时的人还把不准。1981年，汪曾祺写出他的小说里最像故事的一篇《大淖记事》，这篇小说有着完整的头尾与明显的善恶冲突。第二年，《大淖记事》获得了第四届全国短篇小说奖。这是汪曾祺一生中唯一一次获得全国短篇小说奖。

从《受戒》《大淖记事》开始，汪曾祺将他在20世纪40年代已经开启的“高邮世界”带给了广大读者。《陈小手》《八千岁》《徙》《鉴赏家》触及了高邮底层社会的各行各业。《陈小手》差点儿成为《人民文学》的头条。这篇小说只有不到1500字，却有着异常沉痛的情绪。一位美国教授后来说：这是真正的短篇小说。《八千岁》则写出了抗日战争时期高邮沦陷前后的社会百态，这篇小说引起海内外读者，包括在美国的张爱玲的注意。《徙》写的是汪曾祺的小学、初中国文老师高北溟，写这篇小说是在山东的黄岛笔会。有位女作家去串门，大为惊异：都80年代了，还有人用毛笔写作，真不怕费事！——汪曾祺认为，要写自己的国文老师，就得用毛笔写，才有那种味道。《鉴赏家》写果贩叶三与大画家季匋民的毕生友谊，这是发生在高邮的实事，汪曾祺将之写得别有风致。

小说创作之门一旦打开，汪曾祺的生活经历像大运河的流水一样涌向笔端。《职业》只写了一个孩子叫卖与游戏这两个场面，却是汪曾祺自己最喜欢的小说，从1947年到1982年，至少重写了四次。《鸡毛》堪称当代短篇《儒林外史》，寥寥数千字写出了大后方昆明的生活图景。

《七里茶坊》是汪曾祺在张家口下放时期的生活记录。有一位学化工的大学生看了《七里茶坊》后给汪曾祺写了封信说：“你写的那些人就是我们民族的支柱。”《安乐居》则是汪曾祺住进北京蒲黄榆新居后写小酒馆里的北京老头们——汪曾祺常常因为这篇小说被列为“京味作家”，但是他自己不承认，说“被称或自称‘京味’的作家则比较缺乏思想，缺少人道主义”。这个这个，老头儿真敢说。

杨早

2023年3月

目录

受戒

明海出家已经四年了。

他是十三岁来的。

这个地方的地名有点怪，叫庵赵庄。赵，是因为庄上大都姓赵。叫作庄，可是人家住得很分散，这里两三家，那里两三家。一出门，远远可以看到，走起来得走一会儿，因为没有大路，都是弯弯曲曲的田埂。庵，是因为有一个庵。庵叫菩提庵，可是大家叫讹了，叫成荸荠庵。连庵里的和尚也这样叫。“宝刹何处？”——“荸荠庵。”庵本来是住尼姑的。“和尚庙”“尼姑庵”嘛。可是荸荠庵住的是和尚。也许因为荸荠庵不大，大者为庙，小者为庵。

明海在家叫小明子。他是从小就确定要出家的。他的家乡不叫“出家”，叫“当和尚”。他的家乡出和尚。就像有的地方出劁猪的，有的地方出织席子的，有的地方出箍桶的，有的地方出弹棉花的，有的地方出画匠，有的地方出婊子，他的家乡出和尚。人家弟兄多，就派一个出去当和尚。当和尚也要通过关系，也有帮。这地方的和尚有的走得很远。有到杭州灵隐寺的、上海静安寺的、镇江金山寺的、扬州天宁寺的。一般的就在本县的寺庙。明海家田少，老大、老二、老三，就足够种的了。他是老四。他七岁那年，他当和尚的舅舅回家，他爹、他娘就和舅舅商议，决定叫他当和尚。他当时在旁边，觉得这实在是在情在理，没有理由反对。当和尚有很多好处。一是可以吃现成饭。哪个庙里都是管饭的。二是可以攒钱。只要学会了放瑜伽焰口，拜梁皇忏，就可以按例分到辛苦钱。积攒起来，将来还俗娶亲也可以；不想还俗，买几亩田也可以。当和尚也不容易，一要面如朗月，二要声如钟磬，三要聪明记性好。他舅舅给他相了相面，叫他前走几步，后走几步，又叫他喊了一声赶牛打场的号子：“格当嘚——”，说是“明子准能当个好和尚，我包了！”要当和尚，得下点本——念几年书。哪有不认字的和尚呢！于是明子就开蒙入学，读了《三字经》《百家姓》《四言杂字》《幼学琼林》《上论下论》《上孟下孟》，每天还写一张仿。村里都夸他字写得好，很黑。

舅舅按照约定的日期又回了家，带了一件他自己穿的和尚领的短衫，叫明子娘改小一点，给明子穿上。明子穿了这件和尚短衫，下身还是在家穿的紫花裤子，赤脚穿了一双新布鞋，跟他爹、他娘磕了一个头，就随舅舅走了。

他上学时起了个学名，叫明海。舅舅说，不用改了。于是“明海”就从学名变成了法名。

过了一个湖。好大一个湖！穿过一个县城。县城真热闹：官盐店，税务局，肉铺里挂着成边的猪，一个驴子在磨芝麻，满街都是小磨香油的香味，布店，卖茉莉粉、梳头油的什么斋，卖绒花的，卖丝线的，打把式卖膏药的，吹糖人的，耍蛇的，……他什么都想看看。舅舅一劲地推他："快走！快走！"

到了一个河边，有一只船在等着他们。船上有一个五十来岁的瘦长瘦长的大伯，船头蹲着一个跟明子差不多大的女孩子，在剥一个莲蓬吃。明子和舅舅坐到舱里，船就开了。

明子听见有人跟他说话，是那个女孩子。

"是你要到荸荠庵当和尚吗？"

明子点点头。

"当和尚要烧戒疤呕！你不怕？"

明子不知道怎么回答，就含含糊糊地摇了摇头。

"你叫什么？"

"明海。"

"在家的时候？"

“叫明子。”

“明子！我叫小英子！我们是邻居。我家挨着荸荠庵。——给你！”

小英子把吃剩的半个莲蓬扔给明海，小明子就剥开莲蓬壳，一颗一颗吃起来。

大伯一桨一桨地划着，只听见船桨拨水的声音：

“哗——许！哗——许！”

…………

荸荠庵的地势很好，在一片高地上。这一带就数这片地高，当初建庵的人很会选地方。门前是一条河。门外是一片很大的打谷场。三面都是高大的柳树。山门里是一个穿堂。迎门供着弥勒佛。不知是哪一位名士撰写了一副对联：

大肚能容容天下难容之事

开颜一笑笑世间可笑之人

弥勒佛背后，是韦驮。过穿堂，是一个不小的天井，种着两棵白果树。天井两边各有三间厢房。走过天井，便是大殿，供着三世佛。佛像连龛才四尺来高。大殿东边是方丈，西边是库房。大殿东侧，有一个小小的六角门，白门绿字，刻着一副对联：

一花一世界

三藐三菩提

进门有一个狭长的天井，几块假山石，几盆花，有三间小房。

小和尚的日子清闲得很。一早起来，开山门，扫地。庵里的地铺的都是箩底方砖，好扫得很，给弥勒佛、韦驮烧一炷香，正殿的三世佛面前也烧一炷香、磕三个头，念三声“南无阿弥陀佛”，敲三声磬。这庵里的和尚不兴做什么早课、晚课，明子这三声磬就全都代替了。然后，挑水，喂猪。然后，等当家和尚，即明子的舅舅起来，教他念经。

教念经也跟教书一样，师父面前一本经，徒弟面前一本经，师父唱一句，徒弟跟着唱一句。是唱哎。舅舅一边唱，一边还用手在桌上拍板。一板一眼，拍得很响，就跟教唱戏一样。是跟教唱戏一样，完全一样哎。连用的名词都一样。舅舅说，念经：一要板眼准，二要合工尺。说：当一个好和尚，得有条好嗓子。说：民国二十年闹大水，运河倒了堤，最后在清水潭合龙，因为大水淹死的人很多，放了一台大焰口，十三大师——十三个正座和尚，各大庙的方丈都来了，下面的和尚上百。谁当这个首座？推来推去，还是石桥——善因寺的方丈！他往上一坐，就跟地藏王菩萨一样，这就不用说了；那一声“开香赞”，围看的上千人立时鸦雀无声。说：嗓子要练，夏练三伏，冬练三九，要练丹田气！说：要吃得苦中苦，方为人上人！说：和尚里也有状元、榜眼、探花！要用心，不要贪玩！舅舅这一番大法说得明海和尚实在是五体投地，于是就一板一眼地跟着舅舅唱起来：

“炉香乍爇——”

“炉香乍爇——”

“法界蒙薰——”

“法界蒙薰——”

“诸佛现金身……”

“诸佛现金身……”

…………

等明海学完了早经——他晚上临睡前还要学一段，叫作晚经——荸荠庵的师父们就都陆续起床了。

这庵里人口简单，一共六个人。连明海在内，五个和尚。

有一个老和尚，六十几了，是舅舅的师叔，法名普照，但是知道的人很少，因为很少人叫他法名，都称之为老和尚或老师父，明海叫他师爷爷。这是个很枯寂的人，一天关在房里，就是那“一花一世界”里。也看不见他念佛，只是那么一声不响地坐着。他是吃斋的，过年时除外。

下面就是师兄弟三个，仁字排行：仁山、仁海、仁渡。庵里庵外，有的称他们为大师父、二师父；有的称之为山师父、海师父。只有仁渡，没有叫他“渡师父”的，因为听起来不像话，大都直呼之为仁渡。他也只配如此，因为他还年轻，才二十多岁。

仁山，即明子的舅舅，是当家的。不叫“方丈”，也不叫“住持”，却叫“当家的”，是很有道理的，因为他确确实实干的是当家的职务。他屋里摆的是一张账桌，桌子上放的是账簿和算盘。账簿共有三本。一本是经账，一本是租账，一本是债账。和尚要做法事，做法事要收钱——要不，当和尚干什么？常做的法事是放焰口。正规的焰口是十个人。一个正座，一个敲鼓的，两边一边四个。人少了，八个，一边三个，也凑合了。荸荠庵只有四个和尚，要放整焰口就得和别的庙里合伙。这样的时候也有过。通常只是放半台焰口。一个正座，一个敲鼓，另外一边一个。一来找别的庙里合伙费事；二来这一带放得起整焰口的人家也不多。有的时候，谁家死了人，就只请两个，甚至一个和尚咕噜咕噜念一通经，敲打几声法器就算完事。很多人家的经钱不是当时就给，往往要等秋后才还。这就得记账。另外，和尚放焰口的辛苦钱不是一样的。就像唱戏一样，有份子。正座第一份。因为他要领唱，而且还要独唱。当中有一大段“叹骷髅”，别的和尚都放下法器休息，只有首座一个人有板有眼地曼声吟唱。第二份是敲鼓的。你以为这容易呀？哼，单是一开头的“发擂”，手上没功夫就敲不出迟疾顿挫！其余的，就一样了。这也得记上：某月某日、谁家焰口半台，谁正座，谁敲鼓……省得到年底结账时赌咒骂娘。……这庵里有几十亩庙产，租给人种，到时候要收租。庵里还放债。租、债一向倒很少亏欠，因为租佃借钱的人怕菩萨不高兴。这三本账就够仁山忙的了。另外香烛灯火、油盐“福食”，这也得随时记记账呀。除了账簿之外，山师父的方丈的墙上还挂着一块水牌，上漆四个红字：“勤笔免思”。

仁山所说当一个好和尚的三个条件，他自己其实一条也不具备。他的相貌只要用两个字就说清楚了：黄，胖。声音也不像钟磬，倒像母猪。聪明么？难说，打牌老输。他在庵里从不穿袈裟，连海青直裰也免了。经常是披着件短僧衣，袒露着一个黄色的肚子。下面是光脚趿拉着一双僧鞋——新鞋他也是趿拉着。他一天就是这样不衫不履地这里走走，那里走走，发出母猪一样的声音：“哼——哼——”

二师父仁海。他是有老婆的。他老婆每年夏秋之间来住几个月，因为庵里凉快。庵里有六个人，其中之一，就是这位和尚的家眷。仁山、仁渡叫她嫂子，明海叫她师娘。这两口子都很爱干净，整天地洗涮。傍晚的时候，坐在天井里乘凉。白天，闷在屋里不出来。

三师父是个很聪明精干的人。有时一笔账大师兄扒了半天算盘也算不清，他眼珠子转两转，早算得一清二楚。他打牌赢的时候多，二三十张牌落地，上下家手里有些什么牌，他就差不多都知道了。他打牌时，总有人爱在他后面看歪头胡。谁家约他打牌，就说“想送两个钱给你”。他不但经忏俱通（小庙的和尚能够拜忏的不多），而且身怀绝技，会“飞铙”。七月间有些地方做盂兰会，在旷地上放大焰口，几十个和尚，穿绣花袈裟，飞铙。飞铙就是把十多斤重的大铙钹飞起来。到了一定的时候，全部法器皆停，只几十副大铙紧张急促地敲起来。忽然起手，大铙向半空中飞去，一面飞，一面旋转。然后，又落下来，接住。接住不是平平常常地接住，有各种架势，“犀牛望月”“苏秦背剑”……这哪是念经，这是耍杂技。也许是地藏王菩萨爱看这个，但真正因此快乐起来的是人，尤其是妇女和孩子。这是年轻漂亮的和尚出风头的机会。一场大焰口过后，也像一个好戏班子过后一样，会有一个两个大姑娘、小媳妇失踪——跟和尚跑了。他还会放“花焰口”。有的人家，亲戚中多风流子弟，在不是很哀伤的佛事——如做冥寿时，就会提出放花焰口。所谓“花焰口”就是在正焰口之后，叫和尚唱小调、拉丝弦、吹管笛、敲鼓板，而且可以点唱。仁渡一个人可以唱一夜不重头。仁渡前几年一直在外面，近二年才常住在庵里。据说他有相好的，而且不止一个。他平常可是很规矩，看到姑娘媳妇总是老老实实的，连一句玩笑话都不说，一句小调山歌都不唱。有一回，在打谷场上乘凉的时候，一伙人把他围起来，非叫他唱两个不可。他却情不过，说：“好，唱一个。不唱家乡的。家乡的你们都熟。唱个安徽的。”

姐和小郎打大麦，
一转子讲得听不得。
听不得就听不得，
打完了大麦打小麦。

唱完了，大家还嫌不够，他就又唱了一个：

姐儿生得漂漂的，
两个奶子翘翘的。
有心上去摸一把，
心里有点跳跳的。

…………

这个庵里无所谓清规，连这两个字也没人提起。

仁山吃水烟，连出门做法事也带着他的水烟袋。

他们经常打牌。这是个打牌的好地方。把大

殿上吃饭的方桌往门口一搭，斜放着，就是牌桌。桌子一放好，仁山就从他的方丈里把筹码拿出来，哗啦一声倒在桌上。斗纸牌的时候多，搓麻将的时候少。牌客除了师兄弟三人，常来的是一个收鸭毛的，一个打兔子兼偷鸡的，都是正经人。收鸭毛的担一副竹筐，串乡串镇，拉长了沙哑的声音喊叫：

“鸭毛卖钱——！”

偷鸡的有一件家什——铜蜻蜓。看准了一只老母鸡，把铜蜻蜓一丢，鸡婆子上去就是一口。这一啄，铜蜻蜓的硬簧绷开，鸡嘴撑住了，叫不出来了。正在这鸡十分纳闷的时候，上去一把薅住。

明子曾经跟这位正经人要过铜蜻蜓看看。他拿到小英子家门前试了一试，果然！小英子的娘知道了，骂明子：

“要死了！儿子！你怎么到我家来玩铜蜻蜓了！”

小英子跑过来：

"给我！给我！"

她也试了试，真灵，一个黑母鸡一下子就把嘴撑住，傻了眼了！

下雨阴天，这二位就光临荸荠庵，消磨一天。

有时没有外客，就把老师叔也拉出来，打牌的结局，大都是当家和尚气得鼓鼓的："×妈妈的！又输了！下回不来了！"

他们吃肉不瞒人。年下也杀猪。杀猪就在大殿上。一切都和在家人一样，开水、木桶、尖刀。捆猪的时候，猪也是没命地叫。跟在家人不同的，是多一道仪式，要给即将升天的猪念一道"往生咒"，并且总是老师叔念，神情很庄重：

"……一切胎生、卵生、息生，来从虚空来，还归虚空去。往生再世，皆当欢喜。南无阿弥陀佛！"

三师父仁渡一刀子下去，鲜红的猪血就带着很多沫子喷出来。

…………

明子老往小英子家里跑。

小英子的家像一个小岛，三面都是河，西面有一条小路通到荸荠庵。独门独户，岛上只有这一家。岛上有六棵大桑树，夏天都结大桑葚，三棵结白的，三棵结紫的；一个菜园子，瓜豆蔬菜，四时不缺。院墙下半截是砖砌的，上半截是泥夯的。大门是桐油油过的，贴着一副万年红的春联：

向阳门第春常在

积善人家庆有余

门里是一个很宽的院子。院子里一边是牛屋、碓棚；一边是猪圈、鸡窠，还有个关鸭子的栅栏。露天地放着一具石磨。正北面是住房，也是砖基土筑，上面盖的一半是瓦，一半是草。房子翻修了才三年，木料还露着白茬。正中是堂屋，家神菩萨的画像上贴的金还没有发黑。两边是卧房。隔扇窗上各嵌了一块一尺见方的玻璃，明亮亮的——这在乡下是不多见的。房檐下一边种着一棵石榴树，一边种着一棵栀子花，都齐房檐高了。夏天开了花，一红一白，好看得很。栀子花香得冲鼻子。顺风的时候，在荸荠庵都闻得见。

这家人口不多。他家当然是姓赵。一共四口人：赵大伯、赵大妈，两个女儿——大英子、小英子。老两口没有儿子。因为这些年人不得病，牛不生灾，也没有大旱大水闹蝗虫，日子过得很兴旺。他们家自己有田，本来够吃的了，又租种了庵上的十亩田。自己的田里，一亩种了荸荠——这一半是小英子的主意，她爱吃荸荠，一亩种了茨菇。家里喂了一大群鸡鸭，单是鸡蛋鸭毛就够一年的油盐了。赵大伯是个能干人。他是一个“全把式”，不但田里场上样样精通，还会罩鱼、洗磨、凿砻、修水车、修船、砌墙、烧砖、箍桶、劈篾、绞麻绳。他不咳嗽，不腰疼，结结实实，像一棵榆树。人很和气，一天不声不响。赵大伯是一棵摇钱树，赵大娘就是个聚宝盆。大娘精神得出奇。五十岁了，两个眼睛还是清亮亮的。不论什么时候，头都是梳得滑滴滴的，身上衣服都是格挣挣的。像老头子一样，她一天不闲着。煮猪食，喂猪，腌咸菜——她腌的咸萝卜干非常好吃，舂粉子，磨小豆腐，编蓑衣，织芦篚。她还会剪花样子。这里嫁闺女，陪嫁妆，瓷坛子、锡罐子，都要用梅红纸剪出吉祥花样，贴在上面，讨个吉利，也才好看："丹凤朝阳"呀，"白头到老"呀，"子孙万代"呀，"福寿绵长"呀。二三十里的人家都来请她："大娘，好日子是十六，你哪天去呀？"——"十五，我一大清早就来！"

"一定呀！"——"一定！一定！"

两个女儿，长得跟她娘像一个模子里托出来的。眼睛长得尤其像，白眼珠鸭蛋青，黑眼珠棋子黑，定神时如清水，闪动时像星星。浑身上下，头是头，脚是脚。头发滑滴滴的，衣服格挣挣的。——这里的风俗，十五六岁的姑娘就都梳上头了。这两个丫头，这一头的好头发！通红的发根，雪白的簪子！娘女三个去赶集，一集的人都朝她们望。

姐妹俩长得很像，性格不同。大姑娘很文静，话很少，像父亲。小英子比她娘还会说，一天咭咭呱呱地不停。大姐说：

“你一天到晚咭咭呱呱——”

“像个喜鹊！”

“你自己说的！——吵得人心乱！”

“心乱？”

“心乱！”

“你心乱怪我呀！”

二姑娘话里有话。大英子已经有了人家。小人她偷偷地看过，人很敦厚，也不难看，家道也殷实，她满意。已经下过小定，日子还没有定下来。她这二年，很少出房门，整天赶她的嫁妆。大裁大剪，她都会。挑花绣花，不如娘。她可又嫌娘出的样子太老了。她到城里看过新娘子，说人家现在绣的都是活花活草。这可把娘难住了。最后是喜鹊忽然一拍屁股：“我给你保举一个人！”

这人是谁？是明子。明子念《上孟下孟》的时候，不知怎么得了半套《芥子园》，他喜欢得很。到了荸荠庵，他还常翻出来看，有时还把旧账簿子翻过来，照着描。小英子说：

“他会画！画得跟活的一样！”

小英子把明海请到家里来，给他磨墨铺纸，小和尚画了几张，大英子喜欢得了不得：

“就是这样！就是这样！这就可以乱孱！”——所谓“乱孱”是绣花的一种针法：绣了第一层，第二层的针脚插进第一层的针缝，这样颜色就可由深到淡，不露痕迹，不像娘那一代绣的花是平针，深浅之间，界限分明，一道一道的。小英子就像个书童，又像个参谋：

“画一朵石榴花！”

“画一朵栀子花！”

她把花掐来，明海就照着画。

到后来，凤仙花、石竹子、水蓼、淡竹叶、天竺果子、蜡梅花，他都能画。

大娘看着也喜欢，搂住明海的和尚头：

“你真聪明！你给我当一个干儿子吧！”

小英子捺住他的肩膀，说：

“快叫！快叫！”

小明子跪在地下磕了一个头，从此就叫小英子的娘做干娘。

大英子绣的三双鞋，三十里方圆都传遍了。很多姑娘都走路坐船来看。看完了，就说：“啧啧啧，真好看！这哪是绣的，这是一朵鲜花！”她们就拿了纸来央大娘求了小和尚来画。有求画帐檐的，有求画门帘飘带的，有求画鞋头花的。每回明子来画花，小英子就给他做点好吃的，煮两个鸡蛋，蒸一碗芋头，煎几个藕团子。

因为照顾姐姐赶嫁妆，田里的零碎生活小英子就全包了。她的帮手，是明子。

这地方的忙活是栽秧、车高田水、薅头遍草，再就是割稻子、打场了。这几茬重活，自己一家是忙不过来的。这地方兴换工。排好了日期，几家顾一家，轮流转。不收工钱，但是吃好的。一天吃六顿，两头见肉，顿顿有酒。干活时，敲着锣鼓，唱着歌，热闹得很。其余的时候，各顾各，不显得紧张。

薅三遍草的时候，秧已经很高了，低下头看不见人。一听见非常脆亮的嗓子在一片浓绿里唱：

栀子哎开花哎六瓣头哎……

姐家哎门前哎一道桥哎……

明海就知道小英子在哪里，三步两步就赶到，赶到就低头薅起草来。傍晚牵牛“打汪”，是明子的事。——水牛怕蚊子。这里的习惯，牛卸了轭，饮了水，就牵到一口和好泥水的“汪”里，由它自己打滚扑腾，弄得全身都是泥浆，这样蚊子就咬不透了。低田上水，只要一挂十四轧的水车，两个人车半天就够了。明子和小英子就伏在车杠上，不紧不慢地踩着车轴上的拐子，轻轻地唱着明海向三师父学来的各处山歌。打场的时候，明子能替赵大伯一会儿，让他回家吃饭。——赵家自己没有场，每年都在荸荠庵外面的场上打谷子。他一扬鞭子，喊起了打场号子：

“格当嘚——”

这打场号子有音无字，可是九转十三弯，比什么山歌号子都好听。赵大娘在家，听见明子的号子，就侧起耳朵：

“这孩子这条嗓子！”

连大英子也停下针线：

“真好听！”

小英子非常骄傲地说：

“一十三省数第一！”

晚上，他们一起看场。——荸荠庵收来的租稻也晒在场上。他们并肩坐在一个石磙子上，听青蛙打鼓，听寒蛇唱歌——这个地方以为蝼蛄叫是蚯蚓叫，而且叫蚯蚓叫“寒蛇”，听纺纱婆子不停地纺纱，“吵——”，看萤火虫飞来飞去，看天上的流星。

“呀！我忘了在裤带上打一个结！”小英子说。

这里的人相信，在流星掉下来的时候在裤带上打一个结，心里想什么好事，就能如愿。

…………

“趟”荸荠，这是小英子最爱干的生活。秋天过去了，地净场光，荸荠的叶子枯了——荸荠的笔直的小葱一样的圆叶子里是一格一格的，用手一捋，哔哔地响，小英子最爱捋着玩——荸荠藏在烂泥里。赤了脚，在凉浸浸滑溜溜的泥里踩着——哎，一个硬疙瘩！伸手下去，一个红紫红紫的荸荠。她自己爱干这生活，还拉了明子一起去。她老是故意用自己的光脚去踩明子的脚。

她挎着一篮子荸荠回去了，在柔软的田埂上留了一串脚印。明海看着她的脚印，傻了。五个小小的趾头，脚掌平平的，脚跟细细的，脚弓部分缺了一块。明海身上有一种从来没有过的感觉，他觉得心里痒痒的。这一串美丽的脚印把小和尚的心搞乱了。

…………

明子常搭赵家的船进城，给庵里买香烛，买油盐。闲时是赵大伯划船；忙时是小英子去，划船的是明子。

从庵赵庄到县城，当中要经过一片很大的芦花荡子。芦苇长得密密的，当中一条水路，四边不见人。划到这里，明子总是无端端地觉得心里很紧张，他就使劲地划桨。

小英子喊起来：

“明子！明子！你怎么啦？你发疯啦？为什么划得这么快？”

…………

明海到善因寺去受戒。

“你真的要去烧戒疤呀？”

“真的。”

“好好的头皮上烧十二个洞，那不疼死啦？”

“咬咬牙。舅舅说这是当和尚的一大关，总要过的。”

“不受戒不行吗？”

“不受戒的是野和尚。”

“受了戒有啥好处？”

“受了戒就可以到处云游，逢寺挂褡。”

“什么叫‘挂褡’？”

“就是在庙里住。有斋就吃。”

“不把钱？”

“不把钱。有法事，还得先尽外来的师父。”

“怪不得都说‘远来的和尚会念经’。就凭头上这几个戒疤？”

“还要有一份戒牒。”

“闹半天，受戒就是领一张和尚的合格文凭呀！”

“就是！”

“我划船送你去。”

“好。”

小英子早早就把船划到荸荠庵门前。不知是什么道理，她兴奋得很。她充满了好奇心，想去看看善因寺这座大庙，看看受戒是个啥样子。

善因寺是全县第一大庙，在东门外，面临一条水很深的护城河，三面都是大树，寺在树林子里，远处只能隐隐约约看到一点金碧辉煌的屋顶，不知道有多大。树上到处挂着“谨防恶犬”的牌子。这寺里的狗出名的厉害。平常不大有人进去。放戒期间，任人游看，恶狗都锁起来了。

好大一座庙！庙门的门槛比小英子的肐膝都高。迎门矗着两块大牌，一边一块，一块写着斗大两个大字："放戒"，一块是："禁止喧哗"。这庙里果然是气象庄严，到了这里谁也不敢大声咳嗽。明海自去报名办事，小英子就到处看看。好家伙，这哼哈二将、四大天王，有三丈多高，都是簇新的，才装修了不久。天井有二亩地大，铺着青石，种着苍松翠柏。"大雄宝殿"，这才真是个"大殿"！一进去，凉飕飕的。到处都是金光耀眼。释迦牟尼佛坐在一个莲花座上。单是莲座，就比小英子还高。抬起头来也看不全他的脸，只看到一个微微闭着的嘴唇和胖墩墩的下巴。两边的两根大红蜡烛，一搂多粗。佛像前的大供桌上供着鲜花、绒花、绢花，还有珊瑚树、玉如意、整棵的大象牙。香炉里烧着檀香。小英子出了庙，闻着自己的衣服都是香的。挂了好些幡。这些幡不知是什么缎子的，那么厚重，绣的花真细。这么大一口磬，里头能装五担水！这么大一个木鱼，有一头牛大，漆得通红的。她又去转了转罗汉堂，爬到千佛楼上看了看。真有一千个小佛！她还跟着一些人去看了看藏经楼。藏经楼没有什么看头，都是经书！妈吔！逛了这么一圈，腿都酸了。小英子想起还要给家里打油，替姐姐配丝线，给娘买鞋面布，给自己买两个坠围裙飘带的银蝴蝶，给爹买旱烟，就出庙了。

等把事情办齐，晌午了。她又到庙里看了看，和尚正在吃粥。好大一个“膳堂”，坐得下八百个和尚。吃粥也有这样多讲究：正面法座上摆着两个锡胆瓶，里面插着红绒花，后面盘膝坐着一个穿了大红满金绣袈裟的和尚，手里拿了戒尺。这戒尺是要打人的。哪个和尚吃粥吃出了声音，他下来就是一戒尺。不过他并不真的打人，只是做个样子。真稀奇，那么多的和尚吃粥，竟然不出一点声音！她看见明子也坐在里面，想跟他打个招呼又不好打。想了想，管他禁止不禁止喧哗，就大声喊了一句：“我走啦！”她看见明子目不斜视地微微点了点头，就不管很多人都朝自己看，大摇大摆地走了。

第四天一大清早小英子就去看明子。她知道明子受戒是第三天半夜——烧戒疤是不许人看的。她知道要请老剃头师傅剃头，要剃得横摸顺摸都摸不出头发茬子，要不然一烧，就会“走”了戒，烧成了一片。她知道是用枣泥子先点在头皮上，然后用香头子点着。她知道烧了戒疤就喝一碗蘑菇汤，让它“发”，还不能躺下，要不停地走动，叫作“散戒”。这些都是明子告诉她的。明子是听舅舅说的。

她一看，和尚真在那里“散戒”，在城墙根底下的荒地里。一个一个，穿了新海青，光光的头皮上都有十二个黑点子。——这黑疤掉了，才会露出白白的、圆圆的“戒疤”。和尚都笑嘻嘻的，好像很高兴。她一眼就看见了明子。隔着一条护城河，就喊他：

“明子！”

“小英子！”

“你受了戒啦？”

“受了。”

“疼吗？”

“疼。”

“现在还疼吗？”

“现在疼过去了。”

“你哪天回去？”

“后天。”

“上午？下午？”

“下午。”

“我来接你！”

“好！”

…………

小英子把明海接上船。

小英子这天穿了一件细白夏布上衣，下边

是黑洋纱的裤子，赤脚穿了一双龙须草的细草鞋，头上一边插着一朵栀子花，一边插着一朵石榴花。她看见明子穿了新海青，里面露出短褂子的白领子，就说："把你那外面的一件脱了，你不热呀！"

他们一人一把桨。小英子在中舱，明子扳艄，在船尾。

她一路问了明子很多话，好像一年没有看见了。

她问，烧戒疤的时候，有人哭吗？喊吗？

明子说，没有人哭，只是不住地念佛。有个山东和尚骂人：

"俺日你奶奶！俺不烧了！"

她问善因寺的方丈石桥是相貌和声音都很出众吗？

"是的。"

"说他的方丈比小姐的绣房还讲究？"

"讲究。什么东西都是绣花的。"

“他屋里很香？”

“很香。他烧的是伽楠香，贵得很。”

“听说他会作诗，会画画，会写字？”

“会。庙里走廊两头的砖额上，都刻着他写的大字。”

“他是有个小老婆吗？”

“有一个。”

“才十九岁？”

“听说。”

“好看吗？”

“都说好看。”

“你没看见？”

“我怎么会看见？我关在庙里。”

明子告诉她，善因寺一个老和尚告诉他，寺里有意选他当沙弥尾，不过还没有定，要等主事的和尚商议。

“什么叫‘沙弥尾’？”

“放一堂戒，要选出一个沙弥头，一个沙

弥尾。沙弥头要老成，要会念很多经。沙弥尾要年轻，聪明，相貌好。”

“当了沙弥尾跟别的和尚有什么不同？”

“沙弥头，沙弥尾，将来都能当方丈。现在的方丈退居了，就当。石桥原来就是沙弥尾。”

“你当沙弥尾吗？”

“还不一定哪。”

“你当方丈，管善因寺？管这么大一个庙？！”

“还早呐！”

划了一气，小英子说：“你不要当方丈！”

“好，不当。”

“你也不要当沙弥尾！”

“好，不当。”

又划了一气，看见那一片芦花荡子了。

小英子忽然把桨放下，走到船尾，趴在明子的耳朵旁边，小声地说：

“我给你当老婆，你要不要？”

明子眼睛鼓得大大的。

“你说话呀！”

明子说：“嗯。”

“什么叫‘嗯’呀！要不要，要不要？”

明子大声地说：“要！”

“你喊什么！”

明子小小声说：“要——！”

“快点划！”

英子跳到中舱，两只桨飞快地划起来，划进了芦花荡。

芦花才吐新穗。紫灰色的芦穗，发着银光，软软的，滑溜溜的，像一串丝线。有的地方结了蒲棒，通红的，像一支一支小蜡烛。青浮萍，紫浮萍。长脚蚊子，水蜘蛛。野菱角开着四瓣的小白花。惊起一只青桩（一种水鸟），擦着芦穗，扑鲁鲁鲁飞远了。

…………

一九八〇年八月十二日，写四十三年前的一个梦

大淖记事

一

这地方的地名很奇怪，叫作大淖。全县没有几个人认得这个淖字。县境之内，也再没有别的叫作什么淖的地方。据说这是蒙古话。那么这地名大概是元朝留下的。元朝以前这地方有没有，叫作什么，就无从查考了。

淖，是一片大水。说是湖泊，似还不够，比一个池塘可要大得多，春夏水盛时，是颇为浩渺的。这是两条水道的河源。淖中央有一条狭长的沙洲。沙洲上长满茅草和芦荻。春初水暖，沙洲上冒出很多紫红色的芦芽和灰绿色的蒌蒿[1]，很快就是一片翠绿了。夏天，茅草、芦荻都吐出雪白的丝穗，在微风中不住地点头。秋天，全都枯黄了，就被人割去，加到自己的屋顶上去了。冬天，下雪，这里总比别处先白。化雪的时候，也比别处化得慢。河水解冻了，发绿了，沙洲上的残雪还亮晶晶地堆积着。这条沙洲是两条河水的分界处。从淖里坐船沿沙洲西面北行，可以看到高阜上的几家炕房。绿柳丛中，露出雪白的粉墙，黑漆大书四个字："鸡鸭炕房"，非常显眼。炕房门外，照例都有一块小小土坪，有几个人坐在树桩上负曝闲谈。不时有人从门里挑出一副很大的扁圆的竹笼，笼口络着绳网，里面是松花黄

---

1 蒌蒿是生于水边的野草，粗如笔管，有节，生狭长的小叶，初生二寸来高，叫作"蒌蒿薹子"，加肉炒食极清香。苏东坡诗："竹外桃花三两枝，春江水暖鸭先知。蒌蒿满地芦芽短，正是河豚欲上时。"蒌蒿见之于诗，这大概是第一次。他很能写出节令风物之美。

色的，毛茸茸，挨挨挤挤，啾啾乱叫的小鸡小鸭。由沙洲往东，要经过一座浆坊。浆是浆衣服用的。这里的人，衣服被里洗过后，都要浆一浆。浆过的衣服，穿在身上沙沙作响。浆是芡实水磨，加一点明矾，澄去水分，晒干而成。这东西是不值什么钱的。一大盆衣被，只要到杂货店花两三个铜板，买一小块，用热水冲开，就足够用了。但是全县浆粉都由这家供应（这东西是家家用得着的），所以规模也不算小。浆坊有四五个师傅忙碌着。喂着两头毛驴，轮流上磨。浆坊门外，有一片平场，太阳好的时候，每天晒着浆块，白得叫人眼睛都睁不开。炕房、浆坊附近还有几家买卖荸荠、茨菇、菱角、鲜藕的鲜货行，集散鱼蟹的鱼行和收购青草的草行。过了炕房和浆坊，就都是田畴麦垄、牛棚水车，人家的墙上贴着黑黄色的牛屎粑粑——牛粪和水，拍成饼状，直径半尺，整齐地贴在墙上晾干，作燃料，已经完全是农村的景色了。由大淖北去，可至北乡各村。东去可至一沟、二沟、三垛，直达邻县兴化。

大淖的南岸，有一座漆成绿色的木板房，房顶、地面，都是木板的。这原是一个轮船公司。靠外手是候船的休息室。往里去，临水，就是码头。原来曾有一只小轮船，往来本城和兴化，隔日一班，单日开走，双日返回。小轮船漆得花花绿绿的，飘着万国旗，机器突突地响，烟筒冒着黑烟，装货、卸货，上客、下客，也有卖牛肉、高粱酒、花生瓜子、芝麻灌香糖的小贩，吆吆喝喝，是热闹过一阵的。后来因为公司赔了本，股东无意继续经营，就卖船停业了。这间木板房子倒没有拆去。现在里面空荡荡、冷清清，只有附近的野孩子到候船室来唱戏玩，棍棍棒棒，乱打一气；或到码头上比赛撒尿。七八个小家伙，齐齐地站成一排，把一泡泡骚尿哗哗地撒到水里，看谁尿得最远。

大淖指的是这片水，也指水边的陆地。这

里是城区和乡下的交界处。从轮船公司往南，穿过一条深巷，就是北门外东大街了。坐在大淖的水边，可以听到远远地一阵一阵朦朦胧胧的市声，但是这里的一切和街里不一样。这里没有一家店铺。这里的颜色、声音、气味和街里不一样。这里的人也不一样。他们的生活，他们的风俗，他们的是非标准、伦理道德观念和街里的穿长衣念过“子曰”的人完全不同。

二

由轮船公司往东往西，各距一箭之遥，有两丛住户人家。这两丛人家，也是互不相同的，各是各乡风。

西边是几排错错落落的低矮的瓦屋。这里住的是做小生意的。他们大都不是本地人，是从下河一带，兴化、泰州、东台等处来的客户。卖紫萝卜的（紫萝卜是比荸荠略大的扁圆形的萝卜，外皮染成深蓝紫色，极甜脆），卖风菱的（风菱是很大的两角的菱角，壳极硬），卖山里红的，卖熟藕（藕孔里塞了糯米煮熟）的。还有一个从宝应来的卖眼镜的，一个从杭州来的卖天竺筷的。他们像一些候鸟，来去都有定时。来时，向相熟的人家租一间半间屋子，住上一阵，有的住得长一些，有的短一些，到生意做完，就走了。他们都是日出而作，日入而息。吃罢早饭，各自背着、扛着、挎着、举着自己的货色，用不同的乡音，不同的腔调，吟唱吆唤着上街了。到太阳落山，又都像鸟似的回到自己的窝里。于是从这些低矮的屋檐下就都飘出带点甜味而又呛人的炊烟（所烧的柴草都是半干不湿的）。他们做的都是小本生意，赚钱不大。因为是在客边，对人很和气，凡事忍让，所以这一带平常总是安安静静的，很少有吵嘴打架的事情发生。

这里还住着二十来个锡匠，都是兴化帮。

这地方兴用锡器，家家都有几件锡质的家伙。香炉、蜡台、痰盂、茶叶罐、水壶、茶壶、酒壶，甚至尿壶，都是锡的。嫁闺女时都要陪送一套锡器。最少也要有两个能容四五升米的大锡罐，摆在柜顶上，否则就不成其为嫁妆。出阁的闺女生了孩子，娘家要送两大罐糯米粥（另外还要有两只老母鸡，一百只鸡蛋），装粥用的就是娘柜顶上的这两个锡罐。因此，二十来个锡匠并不显多。

锡匠的手艺不算费事，所用的家什也较简单。一副锡匠担子，一头是风箱，绳系里夹着几块锡板；一头是炭炉和两块二尺见方，一面裱着好几层表芯纸的方砖。锡器是打出来的，不是铸出来的。人家叫锡匠来打锡器，一般都是自己备料——把几件残旧的锡器回炉重打。锡匠在人家门道里或是街边空地上，支起担子，拉动风箱，在锅里把旧锡化成锡水——锡的熔点很低，不大一会儿就化了；然后把两块方砖对合着（裱纸的一面朝里），在两砖之间压一条绳子，绳子按照要打的锡器圈成近似的形状，绳头留在砖外，把锡水由绳口倾倒过去，两砖一压，就成了锡片；然后，用一个大剪子剪剪，焊好接口，用一个木棰在铁砧上敲敲打打，大约一两顿饭工夫就成型了。锡是软的，打锡器不像打铜器那样费劲，也不那样吵人。粗使的锡器，就这样就能交活。若是细巧的，就还要用刮刀刮一遍，用砂纸打一打，用竹节草（这种草中药店有卖的）磨得锃亮。

这一帮锡匠很讲义气。他们扶持疾病，互通有无，从不抢生意。若是合伙做活，工钱也分得很公道。这帮锡匠有一个头领，是个老锡匠，他说话没有人不听。老锡匠人很耿直，对其余的锡匠（不是他的晚辈就是他的徒弟）管教得很紧。他不许他们赌钱喝酒；嘱咐他们出外做活，要童叟无欺，手脚要干净；不许和妇道嬉皮笑脸。他教他们不要怕事，也绝不要惹事。除了上市应活，平常不让到处闲游乱窜。

老锡匠会打拳，别的锡匠也跟着练武。他屋里有好些白蜡杆、三节棍，没事便搬到外面场地上打对儿。老锡匠说：这是消遣，也可以防身，出门在外，会几手拳脚不吃亏。除此之外，锡匠们的娱乐便是唱唱戏。他们唱的这种戏叫作“小开口”，是一种地方小戏，唱腔本是萨满教的香火（巫师）请神唱的调子，所以又叫“香火戏”。这些锡匠并不信萨满教，但大都会唱香火戏。戏的曲调虽简单，内容却是成本大套：李三娘挑水推磨，生下咬脐郎；白娘子水漫金山；刘金定招亲；方卿唱道情……可以坐唱，也可以化了装彩唱。遇到阴天下雨，不能出街，他们能吹打弹唱一整天。附近的姑娘媳妇都挤过来看——听。

老锡匠有个徒弟，也是他的侄儿，在家大排行第十一，小名就叫个十一子，外人都只叫他小锡匠。这十一子是老锡匠的一件心事。因为他太聪明，长得又太好看了。他长得挺拔四称，肩宽腰细，唇红齿白，浓眉大眼，头戴遮阳草帽，青鞋净袜，全身衣服整齐合体。天热的时候，敞开衣扣，露出扇面也似的胸脯，五寸宽的雪白的板带煞得很紧。走起路来，高抬脚，轻着地，麻溜利索。锡匠里出了这样一个一表人才，真是鸡窝里飞出了金凤凰。老锡匠心里明白：唱“小开口”的时候，那些挤过来的姑娘媳妇，其实都是来看这位十一郎的。

老锡匠经常告诫十一子，不要和此地的姑娘媳妇拉拉扯扯，尤其不要和东头的姑娘媳妇有什么勾搭：“她们和我们不是一样的人！”

三

轮船公司东头都是草房，茅草盖顶，黄土打墙，房顶两头多盖着半片破缸破瓮，防止大风时把茅草刮走。这里的人，世代相传，都是挑夫。男人、女人，大人、孩子，都靠肩膀吃饭。

挑得最多的是稻子。东乡、北乡的稻船，都在大淖靠岸。满船的稻子，都由这些挑夫挑走。或送到米店，或送进哪家大户的廒仓，或挑到南门外琵琶闸的大船上，沿运河外运。有时还会一直挑到车逻、马棚湾这样很远的码头上。单程一趟，或五六里，或七八里、十多里不等。一二十人走成一串，步子走得很匀，很快。一担稻子一百五十斤，中途不歇肩。一路不停地打着号子。换肩时一齐换肩。打头的一个，手往扁担上一搭，一二十副担子就同时由右肩转到左肩上来了。每挑一担，领一根“筹子”——尺半长、一寸宽的竹牌，上涂白漆，一头是红的。到傍晚凭筹领钱。

稻谷之外，什么都挑。砖瓦、石灰、竹子（挑竹子一头拖在地上，在砖铺的街面上擦得刷刷地响）、桐油（桐油很重，使扁担不行，得用木杠，两人抬一桶）……因此，一年三百六十天，天天有活干，饿不着。

十三四岁的孩子就开始挑了。起初挑半担，用两个柳条笆斗。练上一二年，人长高了，力气也够了，就挑整担，像大人一样地挣钱了。

挑夫们的生活很简单：卖力气，吃饭。一天三顿，都是干饭。这些人家都不盘灶，烧的是“锅腔子”——黄泥烧成的矮瓮，一面开口烧火。烧柴是不花钱的。淖边常有草船，乡下人挑芦柴入街去卖，一路总要撒下一些。凡是尚未挑担挣钱的孩子，就一人一把竹筢，到处去搂。因此，这些顽童得到一个稍带侮辱性的称呼，叫作“筢草鬼子”。有时懒得费事，就从乡下人的草担上猛力拽出一把，拔腿就溜。等乡下人撂下担子叫骂时，他们早就没影儿了。锅腔子无处出烟，烟子就横溢出来，飘到大淖水面上，平铺开来，停留不散。这些人家无隔宿之粮，都是当天买，当天吃。吃的都是脱粟的糙米。一到饭时，就看见这些茅草房子的门口蹲着一些男子汉，捧着一个蓝花大海碗，碗里是骨堆堆的一碗紫红紫红的米饭，一边堆着青菜小鱼、臭豆腐、腌辣椒，大口大口地在吞食。他们吃饭不怎么嚼，只在嘴里打一个滚，咕咚一声就咽下去了。看他们吃得那样香，你会觉得世界上再没有比这个饭更好吃的饭了。

他们也有年，也有节。逢年过节，除了换一件干净衣裳，吃得好一些，就是聚在一起赌钱。赌具，也是钱。打钱，滚钱。打钱：各人拿出一二十铜元，叠成很高的一摞。参与者远远地用一个钱向这摞铜钱砸去，砸倒多少取多少。滚钱又叫“滚五七寸”。在一片空场上，各人放一摞钱；一块整砖支起一个斜坡，用一个铜元由砖面落下，向钱注密处滚去，钱停住后，用事前备好的两根草棍量一量，如距钱注五寸，滚钱者即可吃掉这一注；距离七寸，反赔出与此注相同之数。这种古老的博法使挑夫们得到极大的快乐。旁观的闲人也不时大声喝彩，为他们助兴。

这里的姑娘媳妇也都能挑。她们挑得不比男人少，走得不比男人慢。挑鲜货是她们的专业。大概是觉得这种水淋淋的东西对女人更相宜，男人们是不屑于去挑的。这些“女将”都生得颀长俊俏，浓黑的头发上涂了很多梳头油，梳得油光水滑（照当地说法是：苍蝇站上去都会闪了腿）。脑后的发髻都极大。发髻的大红头绳的发根长到二寸，老远就看到通红的一截。她们的发髻的一侧总要插一点什么东西。清明插一个柳球（杨柳的嫩枝，一头拿牙咬着，把柳枝的外皮连同鹅黄的柳叶使劲往下一抹，成一个小小球形），端午插一丛艾叶，有鲜花时插一朵栀子、一朵夹竹桃，无鲜花时插一朵大红剪绒花。因为常年挑担，衣服的肩膀处易破，她们的托肩多半是换过的。旧衣服，新托肩，颜色不一样，这几乎成了大淖妇女的特有的服饰。一二十个姑娘媳妇，挑着一担担紫红的荸荠、碧绿的菱角、雪白的连枝藕，走成一长串，风摆柳似的嚓嚓地走过，好看得很！

她们像男人一样地挣钱，走相、坐相也像男人。走起来一阵风，坐下来两条腿叉得很开。她们像男人一样赤脚穿草鞋（脚指甲却用凤仙花染红）。她们嘴里不忌生冷，男人怎么说话她们怎么说话，她们也用男人骂人的话骂人。打起号子来也是“好大娘个歪歪子咧！”——“歪歪子咧……”

没出门子的姑娘还文雅一点，一做了媳妇就简直是“姜太公在此百无禁忌”，要多野有多野。有一个老光棍黄海龙，年轻时也是挑夫，后来腿脚有了点毛病，就在码头上看看稻船，收收筹子。这老头儿老没正经，一把胡子了，还喜欢在媳妇们的胸前屁股上摸一把，拧一下。按辈分，他应当被这些媳妇称呼一声叔公，可是谁都管他叫“老骚胡子”。有一天，他又动手动脚的，几个媳妇一咬耳朵，一二三，一齐上手，眨眼之间叔公的裤子就挂在大树顶上了。有一回，叔公听见卖饺面[1]的挑着担子，敲着竹梆走来，他又来劲了："你们敢不敢到淖里洗个澡？——敢，我一个人输你们两碗饺面！"——"真的？"——"真的！"——"好！"几个媳妇脱了衣服跳到淖里扑通扑通洗了一会儿。爬上岸就大声喊叫：

"下面！"

这里人家的婚嫁极少明媒正娶，花轿吹鼓手是挣不着他们的钱的。媳妇，多是自己跑来的；姑娘，一般是自己找人。他们在男女关系上是比较随便的。姑娘在家生私孩子；一个媳妇，在丈夫之外，再"靠"一个，不是稀奇事。这里的女人和男人好还是恼，只有一个标准：情愿。有的姑娘、媳妇相与了一个男人，自然也跟他要钱买花戴，但是有的不但不要他们的钱，反而把钱给他花，叫作"倒贴"。

1　一半馄饨一半面下在一起，当地叫作饺面。

因此，街里的人说这里“风气不好”。

到底是哪里的风气更好一些呢？难说。

四

大淖东头有一户人家。这一家只有两口人，父亲和女儿。父亲名叫黄海蛟，是黄海龙的堂弟（挑夫里姓黄的多）。原来是挑夫里的一把好手。他专能上高跳。这地方大粮行的“窝积”（长条芦席围成的粮囤），高到三四丈，只支一只单跳，很陡。上高跳要提着气一口气窜上去，中途不能停留。遇到上了一点岁数的或者“女将”，抬头看看高跳，有点含糊，他就走过去接过一百五十斤的担子，一支箭似的上到跳顶，两手一提，把两箩稻子倒在“窝积”里，随即三五步就下到平地。因为为人忠诚老实，二十五岁了，还没有成亲。那年在车逻挑粮食，遇到一个姑娘向他问路。这姑娘留着长长的刘海，梳了一个“苏州俏”的发髻，还抹了一点胭脂，眼色张皇，神情焦急。她问路，可是连一个准地名都说不清，一看就知道是大户人家逃出来的使女。黄海蛟和她攀谈了一会儿，这姑娘就表示愿意跟着他过。她叫莲子。——这地方丫头、使女多叫莲子。

莲子和黄海蛟过了一年，给他生了个女儿。七月生的，生下的时候满天都是五色云彩，就取名叫作巧云。

莲子的手很巧，也勤快，只是爱穿件华丝葛的裤子，爱吃点瓜子零食，还爱唱“打牙牌”之类的小调：“凉月子一出照楼梢，打个呵欠伸懒腰，瞌睡子又上来了。哎哟，哎哟，瞌睡子又上来了……”这和大淖的乡风不大一样。

巧云三岁那年，她的妈莲子，终于和一个过路戏班子的一个唱小生的跑了。那天，黄海蛟正在马棚湾。莲子把黄海蛟的衣裳都浆洗了一遍，巧云的小衣裳也收拾在一起，焖了一锅饭，还给老黄打了半斤酒，把孩子托给邻居，说是她出门有点事，锁了门，从此就不知去向了。

巧云的妈跑了，黄海蛟倒没有怎么伤心难过。这种事情在大淖这个地方也值不得大惊小怪。养熟的鸟还有飞走的时候呢，何况是一个人！只是她留下的这块肉，黄海蛟实在是疼得不行。他不愿巧云在后娘的眼皮底下委委屈屈地生活，因此发心不再续娶。他就又当爹又当妈，和女儿巧云在一起过了十几年。他不愿巧云去挑扁担，巧云从十四岁就学会结渔网和打芦席。

巧云十五岁，长成了一朵花。身材、脸盘都像妈。瓜子脸，一边有个很深的酒窝。眉毛黑如鸦翅，长入鬓角。眼角有点吊，是一双凤眼。睫毛很长，因此显得眼睛经常是眯唏着；忽然回头，睁得大大的，带点吃惊而专注的神情，好像听到远处有人叫她似的。她在门外的两棵树杈之间结网，在淖边平地上织席，就有一些少年人装着有事的样子来来去去。她上街买东西，甭管是买肉、买菜，打油、打酒，撕布、量头绳，买梳头油、雪花膏，买石碱、浆块，同样的钱，她买回来，分量都比别人多，东西都比别人的好。这个奥秘早被大娘、大婶们发现，她们都托她买东西。只要巧云一上街，都挎了好几个竹篮，回来时压得两个胳臂酸疼酸疼。泰山庙唱戏，人家都自己扛了板凳去。巧云散着手就去了。一去了，总有人给她找一个得看的好座。台上的戏唱得正热闹，但是没有多少人叫好。因为好些人不是在看戏，是看她。

巧云十六了，该张罗着自己的事了。谁家会把这朵花迎走呢？炕房的老大？浆坊的老二？鲜货行的老三？他们都有这意思。这点意思黄海蛟知道了，巧云也知道。不然他们老到淖东头来回晃摇是干什么呢？但是巧云没怎么往心里去。

巧云十七岁，命运发生了一个急转直下的变化。她的父亲黄海蛟在一次挑重担上高跳时，一脚踏空，从三丈高的跳板上摔下来，摔断了腰。起初以为不要紧，养养就好了。不想喝了好多药酒，贴了好多膏药，还不见效。她爹半瘫了，他的腰再也直不起来了。他有时下床，扶着一个剃头担子上用的高板凳，格登格登地走一截，平常就只好半躺下靠在一摞被窝上。他不能用自己的肩膀为女儿挣几件新衣裳、买两枝花，却只能由女儿用一双手养活自己了。还不到五十岁的男子汉，只能做一点老太婆做的事：绩了一捆又一捆的供女儿结网用的麻线。事情很清楚：巧云不会撇下她这个老实可怜的残废爹。谁要愿意，只能上这家来当一个倒插门的养老女婿。谁愿意呢？这家的全部家产只有三间草屋（巧云和爹各住一间，当中是一个小小的堂屋）。老大、老二、老三时不时走来走去，拿眼睛瞟着隔着一层渔网或者坐在雪白的芦席上的一个苗条的身子。他们的眼睛依然不缺乏爱慕，但是减少了几分急切。

老锡匠告诫十一子不要老往淖东头跑，但

是小锡匠还短不了要来。大娘、大婶、姑娘、媳妇有旧壶翻新，总喜欢叫小锡匠来；从大淖过深巷上大街也要经过这里，巧云家门前的柳荫是一个等待雇主的好地方。巧云织席，十一子化锡，正好做伴。有时巧云停下活计，帮小锡匠拉风箱。有时巧云要回家看看她的残废爹，问他想不想吃烟喝水，小锡匠就压住炉里的火，帮她织一气席。巧云的手指划破了（织席很容易划破手，压扁的芦苇薄片，刀一样地锋快），十一子就帮她吮吸指头肚子上的血。巧云从十一子口里知道他家里的事：他是个独子，没有兄弟姐妹。他有一个老娘，守寡多年了。他娘在家给人家做针线，眼睛越来越不好，他很担心她有一天会瞎……

好心的大人路过时会想：这倒真是两只鸳鸯，可是配不成对。一家要招一个养老女婿，一家要接一个当家媳妇，弄不到一起。他们俩呢，只是很愿意在一处谈谈坐坐。都到岁数了，心里不是没有。只是像一片薄薄的云，飘过来，飘过去，下不成雨。

有一天晚上，好月亮，巧云到淖边一只空船上去洗衣裳（这里的船泊定后，把桨拖到岸上，寄放在熟人家，船就拴在那里，无人看管，谁都可以上去）。她正在船头把身子往前倾着，用力涮着一件大衣裳，一个不知轻重的顽皮野孩子轻轻走到她身后，伸出两手胳肢她的腰。她冷不防，一头栽进了水里。她本会一点水，但是一下子蒙了。这几天水又大，流很急。她挣扎了两下，喊救人，接连喝了几口水。她被水冲走了！正赶上十一子在炕房门外土坪上打拳，看见一个人冲了过来，头发在水上漂着。他褪下鞋子，一猛子扎到水底，从水里把她托了起来。

十一子把她肚子里的水控了出来，巧云还是昏迷不醒。十一子只好把她横抱着，像抱一个婴儿似的，把她送回去。她浑身是湿的，软绵绵，热乎乎的。十一子觉得巧云紧紧挨着他，越挨越紧。十一子的心怦怦地跳。

到了家，巧云醒来了。（她早就醒来了！）十一子把她放在床上。巧云换了湿衣裳（月光照出她的美丽的少女的身体）。十一子抓一把草，给她熬了半铫子姜糖水，让她喝下去，就走了。

巧云起来关了门，躺下。她好像看见自己躺在床上的样子。月亮真好。

巧云在心里说："你是个呆子！"

她说出声来了。

不大一会儿，她也就睡死了。

就在这一天夜里，另外一个人，拨开了巧云家的门。

五

由轮船公司对面的巷子转东大街，往西不远，有一个道士观，叫作炼阳观。现在没有道士了，里面住了不到一营水上保安队。这水上保安队是地方武装。他们名义上归县政府管辖，饷银却由县商会开销，水上保安队的任务是下乡剿土匪。这一带土匪很多，他们抢了人，绑了票，大都藏匿在芦荡湖泊中的船上（这地方到处是水），如遇追捕，便于脱逃。因此，地方绅商觉得很需要成立一个特殊的武装力量来对付这些成帮结伙的土匪。水上保安队装备是很好的。他们乘的船是“铁板划子”——船的三面都有半人高、三四分厚的铁板，子弹是打不透的。铁板划子就停在大淖岸边，样子很高傲。一有任务，就看见大兵们扛着两挺水机关，用箩筐抬着多半筐子弹（子弹不用箱装，却使箩抬，颇奇怪），上了船，开走了。

或七八天，或十天半月，他们得胜回来了（他们有铁板划子，又有水机关，对土匪有压倒优势，很少有伤亡）。铁板划子靠了岸，上岸列队，由深巷，上大街，直奔县政府。这队伍是四列纵队。前面是号队。这不到一营的人，却有十二支号。一上大街，就“打打打滴打大打滴大打”，齐齐整整地吹起来。后面是全队弟兄，一律荷枪实弹。号队之后，大队之前的正中，是捉来的土匪。有时三个五个，有时只有一个，都是五花大绑。这队伍是很神气的。最妙的是被绑着的土匪也一律都合着号音，步伐整齐，雄赳赳气昂昂地走着。甚至值日官喊“一、二、三、四”，他们也随着大声地喊。大队上街之前，要由地保事先通知沿街店铺，凡有鸟笼的（有的店铺是养八哥、画眉的），都要收起来，因为土匪大哥看见不高兴，这是他们忌讳的（他们到了县政府，都下在大狱里，看见笼中鸟，就无出狱希望了）。看看这样的铜号放光，刺刀雪亮，还夹着几个带有传奇色彩的土匪英雄的威武雄壮的队伍，是这条街上的民众的一件快乐事情。其快乐程度不下于看狮子、龙灯、高跷、抬阁和僧道齐全、六十四杠的大出丧。

除了下乡办差，保安队的弟兄们没有什么事。他们除了把两挺水机关扛到大淖边突突地打两梭（把淖岸上的泥土打得簌簌地往下掉），平常是难得出操、打野外的。使人们感觉到这营把人的存在的，是这十二个号兵早晚练号。早晨八九点钟，下午四五点钟，他们就到大淖边来了。先是拔长音，然后各自吹几段，最后是合吹进行曲、三环号（他们吹三环号只是吹着玩，因为从来没有接受检阅的时候）。吹完号，就解散，想干什么干什么。有的，就轻手轻脚，走进一家的门外，咳嗽一声，随着，走了进去，门就关起来了。

这些号兵大都衣着整齐，干净爱俏。他们除了吹吹号，整天无事干，有的是闲空。他们的钱来得容易——饷钱倒不多，但每次下乡，总有犒赏；有时与土匪遭遇，双方谈条件，也常从对方手中得到一笔钱，手面很大方，花钱不在乎。他们是保护地方绅商的军人，身后有靠山，即或出一点什么事，谁也无奈他何。因此，这些大爷就觉得不风流风流，实在对不起自己，也辜负了别人。

十二个号兵，有一个号长，姓刘，大家都叫他刘号长。这刘号长前后跟大淖几家的媳妇都很熟。

拨开巧云家的门的，就是这个号长！

号长走的时候留下十块钱。

这种事在大淖不是第一次发生。巧云的残废爹当时就知道了。他拿着这十块钱，只是长长地叹了一口气。邻居们知道了，姑娘、媳妇并未多议论，只骂了一句："这个该死的！"

巧云破了身子，她没有淌眼泪，更没有想到跳到淖里淹死。人生在世，总有这么一遭！只是为什么是这个人？真不该是这个人！怎么办？拿把菜刀杀了他？放火烧了炼阳观？不行！她还有个残废爹。她怔怔地坐在床上，心里乱糟糟的。她想起该起来烧早饭了。她还得结网、织席，还得上街。她想起小时候上人家看新娘子，新娘子穿了一双粉红的缎子花鞋。她想起她的远在天边的妈。她记不得妈的样子，只记得妈用一个筷子头蘸了胭脂给她点了一点眉心红。她拿起镜子照照，她好像第一次看清楚自己的模样。她想起十一子给她吮手指上的血，这血一定是咸的。她觉得对不起十一子，好像自己做错了什么事。她非常失悔：没有把自己给了十一子!

她的这个念头越来越强烈。这个号长来一次，她的念头就更强烈一分。

水上保安队又下乡了。

一天，巧云找到十一子，说："晚上你到大淖东边来，我有话跟你说。"

十一子到了淖边。巧云踏在一只"鸭撇子"上（放鸭子用的小船，极小，仅容一人。这是一只公船，平常就拴在淖边。大淖人谁都可以撑着它到沙洲上挑蒌蒿，割茅草，拣野鸭蛋），把篙子一点，撑向淖中央的沙洲，对十一子说：“你来！”

过了一会儿，十一子泗水到了沙洲上。

他们在沙洲的茅草丛里一直待到月到中天。

月亮真好啊！

六

十一子和巧云的事，师兄们都知道，只瞒着老锡匠一个人。他们偷偷地给他留着门，在门窝子里倒了水（这样推门进来没有声音）。十一子常常到天快亮的时候才回来。有一天，又是这时候才推开门。刚刚要钻被窝，听见老锡匠说：

“你不要命啦！”

这种事情怎么瞒得住人呢？终于，传到刘号长的耳朵里。其实没有人跟他嚼舌头，刘号长自己还不知道？巧云看见他都讨厌，她的全身都是冷淡的。刘号长咽不下这口气。本来，他跟巧云又没有拜过堂，完过花烛，闲花野草，断了就断了。可是一个小锡匠，夺走了他的人，这丢了当兵的脸。太岁头上动土，这还行！这种事从来没有发生过。连保安队的弟兄也都觉得面上无光，在人前矬了一截。他是只许自己在别人头上拉屎撒尿，不许别人在他脸上溅一星唾沫的。若是闭着眼过去，往后，保安队的人还混不混了？

有一天，天还没亮，刘号长带了几个弟兄，踢开巧云家的门，从被窝里拉起了小锡匠，把他捆了起来。把黄海蛟、巧云的手脚也都捆了，怕他们去叫人。

他们把小锡匠弄到泰山庙后面的坟地里，一人一根棍子，搂头盖脸地打他。

他们要小锡匠卷铺盖走人，回他的兴化，不许再留在大淖。

小锡匠不说话。

他们要小锡匠答应不再走进黄家的门，不挨巧云的身子。

小锡匠还是不说话。

他们要小锡匠告一声饶，认一个错。

小锡匠的牙咬得紧紧的。

小锡匠的硬铮把这些向来是横着膀子走路的家伙惹怒了，“你这样硬！打不死你！”——“打”，七八根棍子风一样、雨一样打在小锡匠的身上。

小锡匠被他们打死了。

锡匠们听说十一子被保安队的人绑走了，他们四处找，找到了泰山庙。

老锡匠用手一探，十一子还有一丝悠悠气。老锡匠叫人赶紧去找陈年的尿桶。他经验过这种事，打死的人，只有喝了从桶里刮出来的尿碱，才有救。

十一子的牙关咬得很紧，灌不进去。

巧云捧了一碗尿碱汤，在十一子的耳边

说：“十一子，十一子，你喝了！”

十一子微微听见一点声音，他睁了睁眼。巧云把一碗尿碱汤灌进了十一子的喉咙。

不知道为什么，她自己也尝了一口。

锡匠们摘了一块门板，把十一子放在门板上，往家里抬。

他们抬着十一子，到了大淖东头，还要往西走。巧云拦住了：

“不要。抬到我家里。”

老锡匠点点头。

巧云把屋里存着的渔网和芦席都拿到街上卖了，买了七厘散，医治十一子身子里的瘀血。

东头的几家大娘、大婶杀了下蛋的老母鸡，给巧云送来了。

锡匠们凑了钱，买了人参，熬了参汤。

挑夫，锡匠，姑娘，媳妇，川流不息地来看望十一子。他们把平时在辛苦而单调的生活中不常表现的热情和好心都拿出来了。他们觉得十一子和巧云做的事都很应该，很对。大淖出了这样一对年轻人，使他们觉得骄傲。大家的心喜洋洋、热乎乎的，好像在过年。

刘号长打了人，不敢再露面。他那几个弟兄也都躲在保安队的队部里不出来。保安队的门口加了双岗。这些好汉原来都是一窝“草鸡”！

锡匠们开了会。他们向县政府递了呈子，要求保安队把姓刘的交出来。

县政府没有答复。

锡匠们上街游行。这个游行队伍是很多人从未见过的。没有旗子，没有标语，就是二十来个锡匠挑着二十来副锡匠担子，在全城的大街上慢慢地走。这是个沉默的队伍，但是非常严肃。他们表现出不可侵犯的威严和不可动摇的决心。这个带有中世纪行帮色彩的游行队伍十分动人。

游行继续了三天。

第三天，他们举行了“顶香请愿”。二十来个锡匠，在县政府照壁前坐着，每人头上用木盘顶着一炉炽旺的香。这是一个古老的风俗：民有沉冤，官不受理，被逼急了的百姓可以用香火把县大堂烧了，据说这不算犯法。

这条规矩不载于《六法全书》，现在不是大清国，县政府可以不理会这种“陋习”。但是这些锡匠是横了心的，他们当真干起来，后果是严重的。县长邀请县里的绅商商议，一致认为这件事不能再不管。于是由商会会长出面，约请了有关的人：一个承审——作为县长代表，保安队的副官，老锡匠和另外两个年长的锡匠，还有代表挑夫的黄海龙，四邻见证——卖眼镜的宝应人，卖天竺筷的杭州人，在一家大茶馆里举行会谈，来“了”这件事。

会谈的结果是：小锡匠养伤的药钱由保安队负担（实际是商会拿钱），刘号长驱逐出境。由刘号长画押具结。老锡匠觉得这样就给锡匠和挑夫都挣了面子，可以见好就收了。只是要求在刘某人的甘结上写上一条：如果他再踏进县城一步，任凭老锡匠一个人把他收拾了！

过了两天，刘号长就由两个弟兄持枪护送，悄悄地走了。他被调到三垛去当了税警。

十一子能进一点饮食，能说话了。巧云问他：

“他们打你，你只要说不再进我家的门，就不打你了，你就不会吃这样大的苦了。你为什么不说？”

“你要我说么？”

“不要。”

“我知道你不要。”

“你值么？”

“我值。”

“十一子，你真好！我喜欢你！你快点好。”

“你亲我一下，我就好得快。”

“好，亲你！”

巧云一家有了三张嘴。两个男的不能挣钱，但要吃饭。大淖东头的人家都没有积蓄，也没有什么东西可以变卖典押。结渔网，打芦席，都不能当时见钱。十一子的伤一时半会不会好，日子长了，怎么过呢？巧云没有经过太多考虑，把爹用过的箩筐找出来，磕磕尘土，就去挑担挣“活钱”去了。姑娘媳妇都很佩服她。起初她们怕她挑不惯，后来看她脚下很快，很匀，也就放心了。从此，巧云就和邻居的姑娘媳妇在一起，挑着紫红的荸荠、碧绿的菱角、雪白的连枝藕，风摆柳似的穿街过市，发髻的一侧插着大红花。她的眼睛还是那么亮，长睫毛忽扇忽扇的。但是眼神显得更深沉，更坚定了。她从一个姑娘变成了一个很能干的小媳妇。

十一子的伤会好么？

会。

当然会！

一九八一年二月四日，旧历大年三十

陈小手

我们那地方，过去极少有产科医生。一般人家生孩子，都是请老娘。什么人家请哪位老娘，差不多都是固定的。一家宅门的大少奶奶、二少奶奶、三少奶奶，生的少爷、小姐，差不多都是一个老娘接生的。老娘要穿房入户，生人怎么行？老娘也熟知各家的情况，哪个年长的女用人可以当她的助手，当“抱腰的”，不须临时现找。而且，一般人家都迷信哪个老娘“吉祥”，接生顺当。——老娘家都供着送子娘娘，天天烧香。谁家会请一个男性的医生来接生呢？——我们那里学医的都是男人，只有李花脸的女儿传其父业，成了全城仅有的一位女医人。她也不会接生，只会看内科，是个老姑娘。男人学医，谁会去学产科呢？都觉得这是一桩丢人没出息的事，不屑为之。但也不是绝对没有。陈小手就是一位出名的男性的产科医生。

陈小手的得名是因为他的手特别小，比女人的手还小，比一般女人的手还更柔软细嫩。他专能治难产。横生、倒生，都能接下来（他当然也要借助于药物和器械）。据说因为他的手小，动作细腻，可以减少产妇很多痛苦。大户人家，非到万不得已，是不会请他的。中小户人家，忌讳较少，遇到产妇胎位不正，老娘束手，老娘就会建议："去请陈小手吧。"

陈小手当然是有个大名的，但是都叫他陈小手。

接生，耽误不得，这是两条人命的事。陈小手喂着一匹马。这匹马浑身雪白，无一根杂毛，是一匹走马。据懂马的行家说，这马走的脚步是"野鸡柳子"，又快又细又匀。我们那里是水乡，很少人家养马。每逢有军队的骑兵过境，大家就争着跑到运河堤上去看“马队”，觉得非常好看。陈小手常常骑着白马赶着到各处去接生，大家就把白马和他的名字联系起来，称之为“白马陈小手”。

同行的医生，看内科的、外科的，都看不起陈小手，认为他不是医生，只是一个男性的老娘。陈小手不在乎这些，只要有人来请，立刻跨上他的白走马，飞奔而去。正在呻吟惨叫的产妇听到他的马脖子上的銮铃的声音，立刻就安定了一些。他下了马，即刻进产房。过了一会儿（有时时间颇长），听到哇的一声，孩子落地了。陈小手满头大汗，走了出来，对这家的男主人拱拱手：“恭喜恭喜！母子平安！”男主人满面笑容，把封在红纸里的酬金递过去。陈小手接过来，看也不看，装进口袋里，洗洗手，喝一杯热茶，道一声“得罪”，出门上马。只听见他的马的銮铃声“哗棱哗棱”……走远了。

陈小手活人多矣。

有一年，来了联军。我们那里那几年打来打去的，是两支军队。一支是国民革命军，当地称之为“党军”；相对的一支是孙传芳的军队。孙传芳自称“五省联军总司令”，他的部队就被称为“联军”。联军驻扎在天王庙，有一团人。团长的太太（谁知道是正太太还是姨太太），要生了，生不下来。叫来几个老娘，还是弄不出来。这太太杀猪也似的乱叫。团长派人去叫陈小手。

陈小手进了天王庙。团长正在产房外面不停地“走柳”。见了陈小手，说：

“大人，孩子，都得给我保住！保不住要你的脑袋！进去吧！”

这女人身上的脂油太多了，陈小手费了九牛二虎之力，总算把孩子掏出来了。和这个胖女人较了半天劲，累得他筋疲力尽。他迤里歪斜走出来，对团长拱拱手：

“团长！恭喜您，是个男伢子，少爷！”

团长龇牙笑了一下，说：“难为你了！——请！”

外边已经摆好了一桌酒席。副官陪着。陈小手喝了两盅。团长拿出二十块现大洋，往陈小手面前一送：

“这是给你的！——别嫌少哇！”

“太重了！太重了！”

喝了酒，揣上二十块现大洋，陈小手告辞了：“得罪！得罪！”

“不送你了！”

陈小手出了天王庙，跨上马。团长掏出枪来，从后面，一枪就把他打下来了。

团长说：“我的女人，怎么能让他摸来摸去！她身上，除了我，任何男人都不许碰！这小子，太欺负人了！日他奶奶！”

团长觉得怪委屈。

一九八三年八月一日急就

八千岁

据说他是靠八千钱起家的，所以大家背后叫他八千岁。八千钱是八千个制钱，即八百枚当十的铜元。当地以一百铜元为一吊，八千钱也就是八吊钱。按当时银钱市价，三吊钱兑换一块银元，八吊钱还不到两块七角钱。两块七角钱怎么就能起了家呢？为什么整整是八千钱，不是七千九，不是八千一？这些，谁也不去追究，然而死死地认定了他就是八千钱起家的，他就是八千岁！

他如果不是一年到头穿了那样一身衣裳，也许大家就不会叫他八千岁了。他这身衣裳，全城无二。无冬历夏，总是一身老蓝布。这种老蓝布是本地土织，本地的染坊用蓝靛染的。染得了，还要由一个师傅双脚分叉，站在一个U字形的石碾上，来回晃动，加以碾砑，然后摊在河边空场上晒干。自从有了阴丹士林，这种老蓝布已经不再生产，乡下还有时能够见到，城里几乎没有人穿了。蓝布长衫、蓝布夹袍、蓝布棉袍，他似乎做得了这几套衣服，就没有再添置过。年复一年，老是这几套。有些地方已经洗得露了白色的经纬，而且打了许多补丁。衣服的款式也很特别，长度一律离脚面一尺。这种才能盖住膝盖的长衫，从前倒是有过，叫作“二马裾”。这些年长衫兴长，穿着拖齐脚面的铁灰洋绉时式长衫的年轻的“油儿”，看了八千岁的这身二马裾，觉得太奇怪了。八千岁有八千岁的道理，衣取蔽体，下面的一截没有用处，要那么长干什么？八千岁生得大头大脸、大鼻子大嘴、大手大脚，终年穿着二马褂，任人观看，心安理得。

他的儿子跟他长得一模一样，只是比他小一号，也穿着一身老蓝布的二马褂，只是老蓝布的颜色深一些，补丁少一些。父子二人在店堂里一站，活脱是大小两个八千岁。这就更引人注意了。八千岁这个名字也就更被人叫得死死的。

大家都知道八千岁现在很有钱。

八千岁的米店看起来不大，门面也很暗淡。店堂里一边是几个米囤子，囤里依次分别堆积着“头糙”“二糙”“三糙”“高尖”。头糙是只碾一道，才脱糠皮的糙米，颜色紫红。二糙较白。三糙更白。高尖则是雪白发亮几乎是透明的上好精米。四个米囤，由红到白，各有不同的买主。头糙卖给挑箩把担卖力气的，二糙三糙卖给住家铺户，高尖只少数高门大户才用。一般人家不是吃不起，只是觉得吃这样的米有点“作孽”。另外还有两个小米囤，一囤糯米；一囤晚稻香粳——这种米是专门煮粥用的。煮出粥来，米长半寸，颜色浅碧如碧螺春茶，香味浓厚，是东乡三垛特产，产量低，价极昂。这两种米平常是没有人买的，只是既是米店，不能不备。另外一边是柜台，里面有一张账桌，几把椅子。柜台一头，有一块竖匾，白地子，上漆四个黑字，道是：“食为民天”。竖匾两侧，贴着两个字条，是八千岁的手笔。年深日久，字条的毛边纸已经发黄，墨色分外浓黑。一边写的是“僧道无缘”，一边是“概不作保”。这地方每年总有一些和尚来化缘（道士似无化缘一说），背负一面长一尺、宽五寸的木牌，上画护法韦驮，敲着木鱼，走到较大铺户之前，总可得到一点布施。这些和尚走到八千岁门前，一看“僧道无缘”四个字，也就很知趣地走开了。不但僧道无缘，连叫花子也“概不打发”。叫花子知道不管怎样软磨硬泡，也不能从八千岁身上拔下一根毛来，也就都“别处发财”，省得白费工夫。中国不知从什么时候兴了铺保制度。领营业执照、向银行贷款，取一张“仰沿路军警一体放行，妥加保护”的出门护照，甚至有些私立学校填写入学志愿书，都要有两家“殷实铺保”。吃了官司，结案时要“取保释放”。因此一般“殷实”一些的店铺就有为人作保的义务。铺保不过是个名义，但也有时惹下一些麻烦。有的被保的人出了问题，官方警方不急于追究本人，却跟作保的店铺纠缠不休，目的无非是敲一笔竹杠。八千岁可不愿惹这种麻烦。“僧道无缘”“概不作保”的店铺不止八千岁一家，然而八千岁如此，就不免引起路人侧目，同行议论。

八千岁米店的门面虽然极不起眼，“后身”可是很大。这后身本是夏家祠堂。夏家原是望族。他们聚族而居的大宅子的后面有很多大树，有合抱的大桂花，还有一湾流水，景色幽静，现在还被人称为夏家花园，但房屋已经残破不堪了。夏家败落之后，就把祠堂租给了八千岁。朝南的正屋里一长溜祭桌上还有许多夏家的显考显妣的牌位。正屋前有两棵柏树。起初逢清明，夏家的子孙还来祭祖，这几年来都不来了，那些刻字涂金的牌位东倒西歪，上面落了好多鸽子粪。这个大祠堂的好处是房屋都很高大，还有两个极大的天井，都是青砖铺的。那些高大房屋，正好当作积放稻子的仓廒，天井正好翻晒稻子。祠堂的侧门临河，出门就是码头。这条河四通八达，运粮极为方便。稻船一到，侧门打开，稻子可以由船上直接挑进仓里，这可以省去许多长途挑运的脚钱。

本地的米店实际是个粮行。单靠门市卖米，油水不大。一多半是靠做稻子生意，秋冬买进，春夏卖出，贱入贵出，从中取利。稻子的来源有二。有的是城中地主寄存的。这些人家收了租稻，并不过目，直接送到一家熟识的米店，由他们代为经营保管。要吃米时派个人去叫几担，要用钱时随时到柜上支取，年终结账，净余若干，报一总数。剩下的钱，大都仍存柜上。这些人家的大少爷，是连粮价也不知道的，一切全由米店店东经手。粮钱数目，只是一本良心账。另一来源，是店东自己收购的。八千岁每年过手到底有多少稻子，他是从来不说的，但是这瞒不住人。瞒不住同行，瞒不住邻居，尤其瞒不住挑夫的眼睛。这些挑夫给各家米店挑稻子，一眼估得出哪家的底子有多厚。他们说：八千岁是一只螃蟹，有肉都在壳儿里。他家仓廒里的堆稻的“窝积”挤得轧满，每一积都堆到屋顶。

另一件瞒不住人的事，是他有一副大碾子，五匹大骡子。这五匹骡子，单是那两匹大黑骡子，就是头三年花了八百现大洋从宋侉子手里一次买下来的。

宋侉子是个怪人。他并不侉。他是本城土生土长，说的也是地地道道的本地话。本地人把行为乖谬、悖乎常理，而又身材高大的人，都叫作侉子（若是身材瘦小，就叫作蛮子）。宋侉子不到二十岁就被人称为侉子。他也是个世家子弟，从小爱胡闹，吃喝嫖赌，无所不为；花鸟虫鱼，无所不好，还特别爱养骡子养马。父母在日，没有几年，他就把一点祖产挥霍得去了一半。父母一死，就更没人管他了，他干脆把剩下的一半田产卖了，做起了骡马生意。每年出门一两次，到北边去买骡马。近则徐州、山东，远到关东、口外。一半是寻钱，一半是看看北边的风景，吃吃黄羊肉、狍子肉、鹿肉、狗肉。他真也养成了一派侉子脾气。爱吃面食。最爱吃山东的锅盔，牛杂碎，喝高粱酒。酒量很大，一顿能喝一斤。他买骡子买马，不多买，一次只买几匹，但要是好的。花很大的价钱买来，又以很大的价钱卖出。

他相骡子相马有一绝，看中了一匹，敲敲牙齿，捏捏后胯，然后拉着缰绳领起走三圈，突然用力把嚼子往下一拽。他力气很大，一般的骡马禁不起他这一拽，当时就会打一个趔趄。像这样的，他不要。若是纹丝不动，稳若泰山，当面成交，立刻付钱，二话不说，拉了就走。由于他这种独特的选牲口的办法和豪爽性格，使他在几个骡马市上很有点名气。他选中的牲口也的确有劲，耐使，里下河一带的碾坊磨坊很愿意买他的牲口。虽然价钱贵些，细算下来，还是划得来。

那一年，他在徐州用这办法买了两匹大黑骡子，心里很高兴，下到店里，自个儿蹲在炕上喝酒。门帘一掀，进来个人：

“你是宋老大？”

“不敢，贱姓宋。请教？”

“甭打听。你喝酒？”

“哎哎。”

“你心里高兴？”

“哎哎。”

“你买了两匹好骡子？”

“哎哎。就在后面槽上拴着。你老看来是个行家，你给看看。”

“甭看，好牲口！这两匹骡子我认得！——可是你带得回去吗？”

宋侉子一听话里有话，忙问：

“莫非这两匹骡子有什么弊病？”

“你给我倒一碗酒。出去看看外头有没有人。”

原来这是一个骗局。这两匹黑骡子已经转了好几个骡马市，谁看了谁爱，可是没有一个人能把它们带走。这两匹骡子是它们的主人驯熟了的，走出二百里地，它们会突然挣脱缰绳，撒开蹄子就往家奔，没有人追得上，没有人截得住。谁买的，这笔钱算白扔。上当的已经不止一个人。进来的这位，就是其中的一个。

“不能叫这个家伙再坑人！我教你个法子：你连夜打四副铁镣，把它们镣起来。过了清江浦，就没事了，再给它砸开。”

“多谢你老！”

“甭谢！我这是给受害的众人报仇！”

宋侉子把两匹骡子牵回来，来看的人不断。碾坊、磨坊、油坊、糟坊，都想买。一问价钱，就不禁吐了舌头：“乖乖！”八千岁带着儿子小千岁到宋家看了看，心里打了一阵算盘。他知道宋侉子的脾气，一口价，当时就叫小千岁回去取了八百现大洋，一手交钱，一手交货。父子二人，一人牵了一匹，沿着大街，呱嗒呱嗒，走回米店。

这件事轰动全城。一连几个月，宋侉子贩骡子历险记和八千岁买骡子的壮举，成了大家茶余酒后的话题。谈论间自然要提及宋侉子荒唐怪诞的侉脾气和八千岁的二马裾。

每天黄昏，八千岁米店的碾米师傅要把骡子牵到河边草地上遛遛。骡子牵出来，就有一些人围在旁边看。这两匹黑骡子，真够“身高八尺，头尾丈二有余”。有一老者，捋须赞道：“我活这么大，没见过这样高大的牲口！”体子稍矮一点的，得伸手才能够着它的脊梁。浑身黑得像一匹黑缎子。一走动，身上亮光一闪一闪。去看八千岁的骡子，竟成了附近一些居民在晚饭之前的一件赏心乐事。

因为两匹骡子都是黑的，碾米师傅就给它们取了名字，一匹叫大黑子，一匹叫二黑子。这两个名字街坊的小孩子都知道，叫得出。

宋侉子每年挣的钱不少。有了钱，就都花在虞小兰的家里。

虞小兰的母亲虞芝兰是一个姓关的旗人的姨太太。这旗人做过一任盐务道，辛亥革命后在本县买田享福。这位关老爷本城不少人还记得。他的特点是说了一口京片子，走起路来一摇一摆，有点像戏台上的方巾丑，是真正的“方步”。他们家规矩特别大，礼节特别多，男人见人打千儿，女人见人行蹲安，本地人觉得很可笑。虞芝兰是他用四百两银子从北京西河沿南堂子买来的。关老爷死后，大妇不容，虞芝兰就带了随身细软、两箱子字画，领着女儿搬出来住，租的是挨着宜园的一所小四合院。宜园原是个私人花园，后来改成公园。园子不大，但北面是一片池塘，种着不少荷花，池心有一小岛，上面有几间水榭，本地人不大懂得什么叫水榭，叫它“荷花亭子”——其实这几间房子不是亭子；南面有一带假山，沿山种了很多梅花，叫作“梅岭”，冬末春初，梅花盛开，是很好看的；园中竹木繁茂，园外也颇有野趣，地方虽在城中，却是尘飞不到。虞芝兰就是看中它的幽静，才搬来的。

带出来的首饰字画变卖得差不多了，关家一家人已经搬到上海租界去住，没有人再来管她，虞芝兰不免重操旧业。

过了几年，虞芝兰揽镜自照，觉得年华已老，不好意思再扫榻留宾，就洗妆谢客，由女儿小兰接替了她。怕关家人来寻事，女儿随了妈的姓。

宋侉子每年要在虞小兰家住一两个月，朝朝寒食，夜夜元宵。他老婆死了，也不续弦，这里就是他的家。他有个孩子，有时也带了孩子来玩。他和关家算起来有点远亲，小兰叫他宋大哥。到钱花得差不多了，就说一声："我明天有事，不来了"，跨上他的踢雪乌骓骏马，一扬鞭子，没影儿了。在一起时，恩恩义义；分开时，潇潇洒洒。

虞小兰有时出来走走，逛逛宜园。夏天的

傍晚，穿了一身剪裁合体的白绸衫裤，拿一柄生丝白团扇，站在柳树下面，或倚定红桥栏杆，看人捕鱼踩藕。她长得像一颗水蜜桃，皮肤非常白嫩，腰身、手、脚都好看。路上行人看见，就不禁放慢了脚步，或者停下来装作看天上的晚霞，好好地看她几眼。他们在心里想：这样的人，这样的命，深深为她惋惜；有人不免想到家中洗衣做饭的黄脸老婆，为自己感到一点不平；或在心里轻轻吟道："牡丹绝色三春暖，不是梅花处士妻"，情绪相当复杂。

虞小兰，八千岁也曾看过，也曾经放慢了脚步。他想：长得是真好看，难怪宋侉子在她身上花了那么多钱。不过为一个姑娘花那么多钱，这值得么？他赶快迈动他的大脚，一气跑回米店。

八千岁每天的生活非常单调。量米。买米的都是熟人，买什么米，一次买多少，他都清楚。一见有人进店，就站起身，拿起量米升子。这地方米店量米兴报数，一边量，一边唱：“一来，二来，三来——三升！”量完了，拍拍手——手上沾了米灰，接过钱，摊平了，看看数，回身走进柜台，一扬手，把铜钱丢在钱柜里，在“流水”簿里写上一笔，入头糙三升，钱若干文。看稻样。替人卖稻的客人到店，先要送上货样。店东或洽谈生意的“先生”，抓起一把，放在手心里看看，然后两手合拢搓碾，开米店的手上都有功夫，嚓嚓嚓三下，稻壳就全搓开了；然后吹去糠皮，看看米色，撮起几粒米，放在嘴里嚼嚼，品品米的成色味道。做米店的都很有经验，这是什么品种，三十子，六十子，矮脚籼，吓一跳，一看就看出来。在米店里学生意，学的也就是这些。然后谈价钱，这是好说的，早晚市价，相差无几。卖稻的客人知道八千岁在这上头很精，并不跟他多磨嘴。

“前头”没有什么事的时候，他就到后面看看。进了隔开前后的屏门，一边是拴骡子的牲口槽，一边是一副巨大的石碾子。碾坊没有窗户，光线很暗，他欢喜这种暗暗的光。一近牲口槽，就闻到一股骡子粪的味道，他喜欢这种味道。他喜欢看碾米师傅把大黑子或二黑子牵出来。骡子上碾之前照例要撒一泡很长的尿，他喜欢看它撒尿。骡子上了套，石碾子就呼呼地转起来，他喜欢看碾子转，喜欢这种不紧不慢的呼呼的声音。

这二年，大部分米店都已经不用碾子，改用机器轧米了，八千岁却还用这种古典的方法生产。他舍不得这副碾子，舍不得这五匹大骡子。本县也还有些人家不爱吃机器轧的米，说是不香，有人家专门上八千岁家来买米的，他的生意不坏。

然后，去看看师傅筛米。那是一面很大的筛子，筛子有梁，用一根粗麻绳吊在房檩上，筛子齐肩高，筛米师傅就扶着筛子边框，一簸一侧地慢慢地筛。筛米的屋里浮动着细细的细米糠，太阳照进来，空中像挂着一匹一匹白布。八千岁成天和米和糠打交道，还是很喜欢细糠的香味。

然后，去看看仓里的稻积子，看看两个大天井里晒的稻，或拿起“搡子”把稻子翻一遍——他身体结实，翻一遍不觉得累，连师傅们都佩服；或轰一会儿麻雀。米店稻仓里照例有许多麻雀，叽叽喳喳叫成一片。宋侉子有时在天快黑的时候，拿一把竹枝扫帚拦空一扑，一扫帚能扑下十几只来。宋侉子说这是下酒的好东西，卤熟了还给八千岁拿来过。八千岁可不吃这种东西，这有个什么吃头！

八千岁的食谱非常简单。他家开米店，放着高尖米不吃，顿顿都是头糙红米饭。菜是一成不变的熬青菜——有时放两块豆腐。初二、十六打牙祭，有一碗肉或一盘咸菜煮小鲫鱼。他、小千岁和碾米师傅都一样。有肉时一人可得切得方方的两块。有鱼时一人一条——咸菜可不少，也够下饭了。有卖稻的客人时，单加一个荤菜，也还有一壶酒。客人照例要举杯让一让，八千岁总是举起碗来说：“我饭陪，饭陪！”客菜他不动一筷子，仍是低头吃自己的青菜豆腐。

八千岁的米店的左邻右舍都是制造食品的。左边是一家厨房。这地方有这么一种厨房，专门包办酒席，不设客座。客家先期预订，说明规格，或鸭翅席，或海参席，要几桌。只须点明“头菜”，其余冷盘热菜都有定规，不须吩咐。除了热炒，都是先在家做成半成品，用圆盒挑到，开席前再加汤回锅煮沸。八千岁隔壁这家厨房姓赵，人称赵厨房，连开厨房的也被人叫作赵厨房——不叫赵厨子却叫赵厨房，有点不合文法。赵厨房的手艺很好，能做满汉全席。

这满汉全席前清时也只有接官送官时才用，入了民国，再也没有人来订，赵厨房祖传的一套五福拱寿油红彩的满堂红的细瓷器皿，已经锁在箱子里好多年了。右边是一家烧饼店。这家专做“草炉烧饼”。这种烧饼是一箩到底的粗面做的，做蒂子只涂很少一点油，没有什么层，因为是贴在吊炉里用一把稻草烘熟的，故名草炉烧饼，以别于在桶状的炭炉中烤出的加料插酥的“桶炉烧饼”。这种烧饼便宜，也实在，乡下人进城，爱买了当饭。几个草炉烧饼，一碗宽汤饺面，有吃有喝，就饱了。八千岁坐在店堂里每天听得见左边煎炒烹炸的声音，闻得到鸡鸭鱼肉的香味，也闻得见右边传来的一阵一阵烧饼出炉时的香味，听得见打烧饼的槌子击案的有节奏的声音：定定郭，定定郭，定郭定郭定定郭，定，定，定……

八千岁和赵厨房从来不打交道，和烧饼店每天打交道。这地方有个“吃晚茶”的习惯，每天下午五点来钟要吃一次点心。钱庄、布店，概莫能外。米店因为有出力气的碾米师傅，这一顿“晚茶”万不能省。“晚茶”大都是一碗干拌面——葱花、猪油、酱油、虾籽、虾米为料，面下在里面；或几个麻团、“油墩子”——白铁敲成浅模，浇入稀面，以萝卜丝为馅，入油炸熟。八千岁家的晚茶，一年三百六十日，都是草炉烧饼，一人两个。这里的店铺，有“客人”，照例早上要请上茶馆。“上茶馆”是喝茶，吃包子、蒸饺、烧卖。照例由店里的“先生”或东家作陪。一般都是叫一笼“杂花色”（即各样包点都有），陪客的照例只吃三只，喝茶，其余的都是客人吃。这有个名堂，叫作“一壶三点”。八千岁也循例待客，但是他自己并不吃包点，还是从隔壁烧饼店买两个烧饼带去。所以他不是“一壶三点”，而是“一壶两饼”。他这辈子吃了多少草炉烧饼，真是难以计数了。

他不看戏，不打牌，不吃烟，不喝酒。喝茶，但是从来不买“雨前”“雀舌”，泡了慢慢地品啜。他的账桌上有一个“茶壶桶”，里面焐着一壶茶叶棒子泡的颜色混浊的酽茶。吃了烧饼，渴了，就用一个特大的茶缸子，倒出一缸，咕嘟咕嘟一口气喝了下去，然后打一个很响的饱嗝。

他的令郎也跟他一样。这孩子才十六七岁，已经很老成。孩子的那点天真爱好，放风筝、掏蛐蛐、逮蝈蝈、养金铃子，都已经叫严厉的父亲的沉重的巴掌收拾得一干二净。八千岁到底还是允许他养了几只鸽子。这还是宋侉子求的情。宋侉子拿来几只鸽子，说：“孩子哪儿也不去，你就让他喂几个鸽子玩玩吧。这吃不了多少稻子。你们不养，别人家的鸽子也会来。自己有鸽子，别家的鸽子不就不来了。”米店养鸽子，几乎成为通例，八千岁想了想，说：“好，叫他养！”鸽子逐渐发展成一大群，点子、瓦灰、铁青子、霞白、麒麟，都有。从此夏氏宗祠的屋顶上就热闹起来，雄鸽子围着雌鸽子求爱，一面转圈儿，一面鼓着个嗉子不停地叫着："咯咯咕，咯咯咯咕……"夏家的显考显妣的头上于是就着了好些鸽子粪。小千岁一有空，就去鼓捣他的鸽子。八千岁有时也去看看，看看小千岁捉住一只宝石眼的鸽子，翻过来，正过去，鸽子眼里的"沙子"就随着慢慢地来回流动，他觉得这很有趣，而且想：这是怎么回事呢？父子二人，此时此刻，都表现了一点童心。

八千岁那样有钱，又那样俭省，这使许多人很生气。

八千岁万万没有想到，他会碰上一个八舅太爷。

这里的人不知为什么对舅舅那么有意见。把不讲理的人叫作"舅舅"，讲一种胡搅蛮缠的歪理，叫作“讲舅舅理”。

八舅太爷是个无赖浪子，从小就不安分。小学五年级就穿起皮袍子，里面下身却只穿了一条纺绸单裤。上初中的时候，代数不及格，篮球却打得很漂亮，球衣球鞋都非常出众，经常代表校队、县队，到处出风头。初中三年级时曾用这地方出名的土匪徐大文的名义写信恐吓一个土财主，限他几天之内交一百块钱放在土地庙后第七棵柳树的树洞里，如若不然，就要绑他的票。这土财主吓得坐立不安，几天睡不着觉，又不敢去报案，竟然乖乖地照办了。这土财主原来是他的一个同班同学的父亲，常见面的。他知道这老头儿胆小，所以才敲他一下。初中毕业后，他读了一年体育师范，又上了一年美专，都没上完，却在上海入了青帮，门里排行是通字辈，从此就更加放浪形骸，无所不至。他居然拉过几天黄包车。他这车没有人敢坐——他穿了一套铁机纺绸裤褂在拉车！

他把车放在会芳里弄堂口或丽都舞厅门外，专拉长三堂子的妓女和舞女。这些妓女和舞女可不在乎，她们心想：倷弗是要白相相吗？格么好，大家白相白相！又不是阎瑞生，怕点啥！后来又进了一个什么训练班，混进了军队，“安清不分远和近，三祖流传到如今”，因为青红帮的关系，结交很多朋友，虽不是黄埔出身，却在军队中很“兜得转”，和冷欣、顾祝同都能拉上关系。

抗战军兴，他随着所在部队调到江北，在里下河几个县轮流转。他手下部队有四营人，名义却是一个独立混成旅。

“八一三”以后，日本人打到扬州，就停下来，暂时不再北进。日本人不来，“国军”自然不会反攻，这局面竟维持了相当长的时间。起初人心惶惶，一夕数惊，到后来大家有点麻木了；竟好像不知道有日本兵就在一二百里之外这回事，大家该做什么还是做什么。种田的种田，做生意的做生意。长江为界，南北货源虽不那么畅通，很多人还可以通过封锁线走私贩运，虽然担点风险，获利却倍于以前。一时间，几个县竟呈现出一种畸形的繁荣，茶馆、酒馆、赌场、妓院，无不生意兴隆。

八舅太爷在这一带真是得其所哉。非常时期，军事第一，见官大一级，他到了哪里就成了这地方的最高军政长官，县长、区长，一传就到。军装给养，小事一桩。什么时候要用钱，通知当地商会一声就是。来了，要接风，叫作“驻防费”，走了，要送行，叫作“开拔费”。间三岔五的，还要现金实物“劳军”。当地人觉得有一支军队驻着，可以壮壮胆，军队不走，就说明日本人不会来，也似乎心甘情愿地孝敬他。他有时也并不麻烦商会，可以随意抓几个人来罚款。他的旅部的小牢房里经常客满。只要他一拍桌子，骂一声“汉奸”，就可以军法从事，把一个人拉出去枪毙。他一到哪里，就把当地的名花包下来，接到公馆里去住。一出来，就是五辆摩托车，他自己骑一辆，前后左右四辆，风驰电掣，穿街过市。城里和乡下的狗一见他的车队来了，赶紧夹着尾巴躲开。他是个霸王，没人敢惹他。他行八，小名叫小八子，大家当面叫他旅长、旅座，背后里叫他八舅太爷。

他这回来，公馆安在宜园。一见虞小兰，相见恨晚。他有时住在虞家，有时把虞小兰接到公馆里去。后来干脆把宜园的墙打通了——虞家和宜园本只一墙之隔，这样进出方便。

他把全城的名厨都叫来，轮流给他做饭。座上客常满，杯中酒不空。他爱唱京戏，时常把县里的名票名媛约来，吹拉弹唱一整天。他还很风雅，爱字画。谁家有好字画古董，他就派人去，说是借去看两天。有借无还。他也不白要你的，会送一张他自己画的画跟你换，他不是上过一年美专么？他的画宗法吴昌硕，大刀阔斧，很有点霸悍之气。他请人刻了两方押角图章，一方是阴文："戎马书生"，一方是阳文："富贵英雄美丈夫"——这是《紫钗记·折柳阳关》里的词句，他认为这是中国文学里最好的词句。他也有一匹乌骓马，他请宋侉子来给他看看，嘱咐宋侉子把自己的踢雪乌骓也带来。千不该万不该，宋侉子不该褒贬了八舅太爷的马。他说："旅长，你这不是真正的踢雪乌骓。真正的踢雪乌骓是只有四个蹄子的前面有一小块白；你这匹，四蹄以上一圈都是白的，这是踏雪乌骓。"八舅太爷听了很高兴，说："有道理！"接着又问："你那匹是多少钱买的？"宋侉子是个外场人，他知道八舅太爷不是要他来相马，是叫他来进马了，反正这匹马保不住了，就顺水推舟，很慷慨地说："旅长喜欢，留着骑吧！"——"那，我怎么谢你呢？我给你画一张画吧！"

宋侉子拿了这张画，到八千岁米店里坐

下，喝了一碗茶叶棒泡的酽茶，说不出话来。八千岁劝他："算了，是儿不死，是财不散，看开一点，你就当又在虞小兰家花了一笔钱吧！"宋侉子只好苦笑。

没想到，过了两天，八舅太爷派了两个兵把八千岁"请"去了。当这两个兵把八千岁铐上，推出店门时，八千岁只来得及跟儿子说一句："赶快找宋大伯去要主意！"

宋侉子找到八舅太爷的秘书了解一下，案情相当严重，是"资敌"。八千岁有几船稻子，运到仙女庙去卖，被八舅太爷的部下查获了。仙女庙是敌占区。"资敌"就是汉奸，汉奸是要枪毙的。宋侉子知道罪不至此。仙女庙是粮食集散中心，本地贩粮至仙女庙，乃是常例，"抗战军兴"，未尝中断。不过别的粮商都是事前运动，打通关节，拿到"准予放行"的执照的，八千岁没有花这笔钱，八舅太爷存心找他的碴，所以他就触犯了军法。宋侉子知道这是非花钱不能了事的，就转弯抹角地问秘书，若是罚款，该罚多少。秘书说：“旅座的意思，至少得罚一千现大洋。”宋侉子说：“他拿不出来。你看看他穿的这身二马裾！”秘书说：“包子有肉，不在褶儿上。他拿得出，我们了解。你可以见他本人谈谈！”

宋侉子见了八千岁，劝他不要舍命不舍财，这个血是非出不可的。八千岁问：“能不能少拿一点？”宋侉子叫他拿出一百块钱送给虞芝兰，托虞小兰跟八舅太爷说说，八千岁说：“你做主吧。我一辈子就你这么个信得过的朋友！”说着就落了两滴眼泪。宋侉子心里也酸酸的。

虞小兰替八千岁说了两句好话：“这个人一辈子省吃俭用，也怪可怜的。”八舅太爷说：“那好！看你的面子，少要他二百！他叫八千岁，要他八百不算多。他肯花八百块钱买两匹骡子，还不能花八百块钱买一条命吗！叫他找两个铺保，带了钱，到旅部领人。少一个，不行！”

宋侉子说了好多好话，请了八千岁的两个同行，米店的张老板、李老板出面作保，带了八百现大洋，签字画押，把八千岁保了出来。张老板、李老板陪着八千岁出来，劝他：

“算了，是儿不死，是财不散。不就是八百块钱吗？看开一点。破财免灾，只当生了一场夹气伤寒。”

八千岁心里想：不是八百，是九百！不过回头想想，毕竟少花了一百，又觉得有些欣慰，好像他凭空捡到一百块钱似的。

八舅太爷敲了八千岁一杠子，是有精神上和物质上两方面理由的。精神上，他说：“我平生最恨俭省的人，这种人都该杀！”物质上，他已经接到命令，要调防，和另外一位舅太爷换换地方，他要“别姬”了，需要用一笔钱。这八百块钱，六百要给虞小兰买一件西狐肷的斗篷，好让她冬天穿了在宜园梅岭踏雪赏梅；二百，他要办一桌满汉全席，在水榭即荷花亭子里吃它一整天，上午十点钟开席，一直吃到半夜！

八舅太爷要办满汉全席的消息传遍全城，大家都很感兴趣，因为这是多年没有的事了。八千岁证实这消息可靠，因为办席的就是他的紧邻赵厨房。赵厨房到他的米店买糯米，他知道这是做火腿烧卖馅子用的；还买香粳米，这他就不解了。问赵厨房："这满汉全席还上稀粥？"赵厨房说："满汉全席实际上满点汉菜，除了烧烤，有好几道满洲饽饽，还要上几道粥，旗人讲究喝粥，莲子粥、薏米粥、芸豆粥……""有多少道菜？"——"可多可少，八舅太爷这回是一百二十道。"——"啊？！"——"你没事过来瞧瞧。"

八千岁真还过去看了看：烧乳猪、叉子烤鸭、八宝鱼翅、鸽蛋燕窝……赵厨房说："买不到鸽子蛋，就这几个，太少了！”八千岁说：“你要鸽子蛋，我那里有！”八千岁真是开了眼了，一面看，一面又掉了几滴泪，他想：这是吃我哪！

八千岁用一盆水把“食为民天”旁边的“概不作保”的字条闷了闷，刮下来。他这回是别人保出来的，以后再拒绝给别人作保，这说不过去。刮掉了，觉得还留着一条“僧道无缘”也没多少意思，而且单独一条，也不好看，就把“僧道无缘”也刮掉了。

八千岁做了一身阴丹士林的长袍，长短与常人等，把他的老蓝布二马裾换了下来。他的儿子也一同换了装。

吃晚茶的时候，儿子又给他拿了两个草炉烧饼来，八千岁把烧饼往账桌上一拍，大声说：

“给我去叫一碗三鲜面！”

（初刊于一九八三年）

徙

北溟有鱼，其名为鲲。鲲之大，不知其几千里也；化而为鸟，其名为鹏，鹏之背，不知其几千里也。怒而飞，其翼若垂天之云。是鸟也，海运则将徙于南溟。

——《庄子·逍遥游》

很多歌消失了。

许多歌的词、曲的作者没有人知道。

有些歌只有极少数的人唱，别人都不知道。比如一些学校的校歌。

县立第五小学历年毕业了不少学生。他们多数已经是过六十的人了。他们之中不少人还记得母校的校歌，有人能够一字不差地唱出来。

西挹神山爽气，
东来邻寺疏钟，
看吾校巍巍峻峻，
连云栉比列其中。
半城半郭成调元，
无女无男教育同。
桃红李白，
芬芳馥郁，
一堂济济坐春风。
愿少年，
乘风破浪，
他日毋忘化雨功！

每逢“纪念周”，每天上课前的“朝会”，放学前的“晚会”，开头照例是唱“党歌”，最后是唱校歌。一个担任司仪的高年级同学高声喊道：“唱——校——歌！”全校学生，三百来个孩子，就用玻璃一样脆亮的童音，拼足了力气，高唱起来。好像屋上的瓦片、树上的树叶都在唱。他们接连唱了六年，直到毕业离校，真是深深地印在脑子里了。说不定临死的时候还会想起这支歌。

歌词的意思是没有人解释过的。低年级的学生几乎完全不懂它说的是什么。他们只是使劲地唱，并且倾注了全部感情。到了四五年级，就逐渐明白了，因为唱的次数太多，天天就生活在这首歌里，慢慢地自己就琢磨出来了。最先懂得的是第二句。学校的东边紧挨一个寺，叫作承天寺。承天寺有一口钟。钟撞起来嗡嗡地响。“神山爽气”是这个县的“八景”之一。神山在哪里，“爽气”是什么样的“气”，小学生不知道，只是无端地觉得很美，而且有一种神秘感。下面的歌词也朦朦胧胧地理解了：是说学校有很多房屋，在城外，是个男女合校，有很多同学。总的说来是说这个学校很好。十来岁的孩子很为自己的学校骄傲，觉得它很了不起，并且相信别的学校一定没有这样一首歌。到了六年级，他们才真正理解了这首歌。毕业典礼上（这是他们第一次“毕业”），几位老师们讲过了话，司仪高声喊道：“唱——校——歌！”这是他们最后一次大家聚在一起唱这支歌了。他们唱得异常庄重，异常激动。玻璃一样的童声高唱起来：

西挹神山爽气，

东来邻寺疏钟……

唱到“愿少年，乘风破浪，他日毋忘化雨功”，大家的心里都是酸酸的。眼泪在乌黑的眼睛里发光。这是这首歌的立意所在，点睛之笔，其余的，不过是敷陈其事。从语气看，像是少年对自己的勖勉，同时又像是学校老师对教了六年的学生的嘱咐。一种遗憾、悲哀而酸苦的嘱咐。他们知道，毕业出去的学生，日后多半是会把他们忘记的。

毕业生中有一些是乘风破浪，做了一番事业的；有的离校后就成为泯然众人，为衣食奔走了一生；有的，死掉了。

这不是一支了不起的歌，但很贴切。朴朴实实，平平常常，和学校很相称。一个在寺庙的废基上改建成的普通的六年制小学，又能写出多少诗情画意呢？人们有时想起，只是为了从干枯的记忆里找回一点淡淡的童年，在歌声中想起那些校园里的蔷薇花，冬青树，擦了无数次的教室的玻璃，上课下课的钟声，和球场上像烟火一样升到空中的一阵一阵的明亮的欢笑……

校歌的作者是高先生，有些人知道，有些人不知道。

先生名鹏，字北溟，三十后，以字行。家世业儒。祖父、父亲都没有考取功名，靠当塾师、教蒙学，以维生计。三代都住在东街租来的一所百年老屋之中，临街有两扇白木的板门，真是所谓寒门。先生少孤。尝受业于邑中名士谈甓渔，为谈先生之高足。

这谈甓渔是个诗人，也是个怪人。他功名不高，只中过举人，名气却很大。中举之后，累考不进，无意仕途，就在江南江北，沭阳溧阳等地就馆。他教出来的学生，有不少中了进士，谈先生于是身价百倍，高门大族，争相延致。晚年惮于舟车，就用学生谢师的银子，回乡盖了一处很大的房子，闭户著书。书是著了，门却是大开着的。他家门楼特别高大。为什么盖得这样高大？据说是盖窄了怕碰了他的那些做了大官的学生的纱帽翅儿。其实，哪会呢？清朝的官戴的都是顶子，缨帽花翎，没有帽翅。地方上人这样的口传，无非是说谈老先生的阔学生很多。这座大门里每年进出的知县、知府，确实不在少数。门楼宽大，是为了供轿夫休息用的。往年，两边放了极其宽长的条凳，柏木的凳面都被人的屁股磨得光光滑滑的了。谈家门楼巍然突出，老远的就能看见，成了指明方位的一个标志，一个地名。一说“谈家门楼”东边，“谈家门楼”斜对过，人们就立刻明白了。谈甓渔的故事很多。他念了很多书，学问很大，可是不识数，不会数钱。他家里什么都有，可是他愿意到处闲逛，到茶馆里喝茶，到酒馆里喝酒，烟馆里抽烟。每天出门，家里都要把他需用的烟钱、茶钱、酒钱分别装在布口袋里，给他挂在拐杖上，成了名副其实的“杖头钱”。他常常傍花随柳，信步所之，喝得半醉，找不到自己的家。他爱吃螃蟹，可是自己不会剥，得由家里人把蟹肉剥好，又装回蟹壳里，原样摆成一个完整的螃蟹。两个螃蟹能吃三四个小时，热了凉，凉了又热。他一边吃蟹，一边喝酒，一边看书。他没有架子，没大没小，无分贵贱，三教九流，贩夫走卒，都谈得来，是个很通达的人。然而，品望很高。就是点过翰林的李三麻子远远从轿帘里看见谈老先生曳杖而来，也要赶紧下轿，避立道侧。他教学生，教时文八股，也教古文词赋、经史百家。他说：“我不愿谈甏渔教出来的学生，如郑板桥所说，对案至不能就一札！”他大概很会教书，经他教过的学生，不通的很少。

谈老先生知道高家很穷，他教高先生书，不受修金。每回高先生的母亲封了节敬送去，谈老先生必亲自上门退回，说：

“老嫂子，我与高鹏的父亲是贫贱之交、总角之交，你千万不要这样！我一定格外用心地教他，不负故人。高鹏的天资，虽只是中上，但很知发愤。他深知先人为他取的名、字的用意。他的诗文都很有可观，高氏有子矣。北溟之鹏终将徙于南溟。高了，不敢说。青一衿，我看，如拾芥耳。我好歹要让他中一名秀才。”

果然，高先生在十六岁的时候，高高地中了一名秀才。众人说：高家的风水转了。

不想，第二年就停了科举。

废科举，兴学校，这个小县城里增添了几个疯子。有人投河跳井，有人跑到明伦堂[1]去痛哭。就在高先生所住的东街的最东头，有一姓徐的呆子。这人不知应考了多少次，到头来还是一个白丁。平常就有点迂迂磨磨，颠颠倒倒。说起话满嘴之乎者也。他老婆骂他：“晚饭米都没得一颗，还你妈的之乎——者也！”徐呆子全然不顾，朗吟道：“之乎者也矣焉哉，七字安排好秀才！”自从停了科举，他又添了一宗新花样。每逢初一、十五，或不是正日，而受了老婆的气、邻居的奚落，他就双手捧了一个木盘，盘中置一香炉，点了几根香，到大街上去背诵他的八股窗稿。穿着油腻的长衫，靸着破鞋，一边走，一边念。随着文气的起承转合，步履忽快忽慢；词句的抑扬顿挫，声音时高时低。念到曾经业师浓圈密点的得意

1 明伦堂是孔庙的正殿，供着至圣先师的牌位。

之处，摇头晃脑，昂首向天，面带微笑，如醉如痴，仿佛大街上没有一个人，天地间只有他的字字珠玑的好文章。一直念到两颊绯红，双眼出火，口沫横飞，声嘶气竭。长歌当哭，其声冤苦。街上人给他这种举动起了一个名字，叫作“哭圣人”。

他这样哭了几年，一口气上不来，死在街上了。

高北溟坐在百年老屋之中，常常听到徐呆子从门外哭过来，哭过去。他恍恍惚惚觉得，哭的是他自己。

功名道断，高北溟怎么办呢？

头二年，他还能靠笔耕生活。谈先生还没有死。有人求谈先生的文字，碑文墓志、寿序挽联，谈先生都推给了高先生。所得润笔，尚可饘粥。谈先生寿终，高北溟缌麻服孝，尽礼致哀，写了一篇长长的祭文，泣读之后，忧心如焚。

他也曾像他的祖父和父亲一样，开设私塾教几个小小蒙童，教他们读三（字经）、百（家姓）、千（字文），《幼学琼林》《龙文鞭影》。然而除了少数极其守旧的人家，都已经把孩子送进学校了。他也曾挂牌行医看眼科。谈甓渔老先生的祖上本是眼科医生。他中举之后，还偶尔为人看眼疾。他劝高鹏也看看眼科医书，给他讲过平热泻肝之道。万一功名不就，也有一技之长，能够糊口。可是城里近年害眼的不多。有患赤红火眼的，多半到药店里买一付鹅翎眼药（装在一根鹅毛翎管里的红色的眼药），清水化开，用灯草点进眼内，就好了。眼科，不像“男妇内外大小方脉”那样有“走时”的时候。文章不能锅里煮，百无一用是书生，一家四口，每天至少要升半米下锅，如之何？如之何？

正在囊空咄咄，百无聊赖，有一个平素很少来往的世交沈石君来看他。沈石君比高北溟大几岁，也曾跟谈甓渔读过书，开笔成篇以后，到苏州进了书院。书院改成学堂，革命、“光复”……他就成了新派，多年在外边做事。他有志办教育，在省里当督学。回乡视察了几个小学之后，拍开了高家的白木板门。他劝高北溟去读两年简易师范，取得一个资格，教书。

读师范是被人看不起的。师范不收学费，每月还可有伙食津贴，师范生被人称为“师范花子”，但这在高北溟是一条可行的路，虽然现在还来入学读书，岁数实在太大些了。好在同学中年纪差近的也还有，而且“简师”只有两年，一晃也就过去了。

简师毕业，高先生在“五小”任教。

高先生有了职业，有了虽不丰厚但却可靠的收入，可以免于冻饿，不致像徐呆子似的死在街上了。

按规定，简师毕业，只能教初、中年级，

因为高先生是谈甓渔的高足，中过秀才，声名籍籍，叫他去教“大狗跳，小狗叫，大狗跳一跳，小狗叫一叫”，实在说不过去，因此，破格担任了五、六年级的国文。即使是这样，当然也还不能展其所长、尽其所学。高先生并不意满志得。然而高先生教书是认真的。讲课、改作文，郑重其事，一丝不苟。

同事起初对他很敬重，渐渐地在背后议论起来，说这个人的脾气很“方”。是这样。高先生落落寡合，不苟言笑，不爱闲谈，不喜交际。他按时到校，到教务处和大家略点一点头，拿了粉笔、点名册就上教室。下了课就走。有时当中一节没有课，就坐在教务处看书。小学教师的品类也很杂。有正派的教师；也有头上涂着司丹康、脸上搽着雪花膏的纨绔子弟；戴着瓜皮秋帽，留着小胡子，琵琶襟坎肩的纽子挂着青天白日徽章，一说话不停地挤鼓眼的幕僚式的人物。他们时常凑在一起谈牌经，评“花榜”[1]，交换庸俗无聊的社会新闻，说猥亵下流的荤笑话。高先生总是正襟危坐，不作一声。同事之间为了“联络感情”，时常轮流做东，约好了在星期天早上“吃早茶”。这地方“吃早茶”不是喝茶，主要是吃各种点心——蟹肉包子、火腿烧卖、冬笋蒸饺、脂油千层糕。还可叫一个三鲜煮干丝，小酌两杯。这种聚会，高先生概不参加。小学校的人事说简单也简单，说复杂也挺复杂。教员当中也有派别，为了一点小小私利，排挤倾轧，勾心斗角，飞短流长，造谣中伤。这些派别之间的明暗斗争，又与地方上的党政权势息息相关，且和省中当局遥相呼应。千丝万缕，变幻无常。高先生对这种派别之争，从不介

1 把城中妓女加以品评，定出状元、榜眼、探花、一甲、二甲，在小报上公布，谓之“花榜”。嫖客中的才子同时还写了一些很香艳的诗来咏这些“花”。

人。有人曾试图对他笼络（高先生素负文名，受人景仰，拉过来是个“实力”），被高先生冷冷地拒绝了。他教学生，也是因材施教，无所阿私，只看品学，不问家庭。每一班都有一两个他特别心爱的学生。高先生看来是个冷面寡情的人，其实不是这样，只是他对得意的学生的喜爱不形于色，不像有些婆婆妈妈的教员，时常摸着学生的头，拉着他的手，满脸含笑，问长问短。他只是把他的热情倾注在教学之中。他讲书，眼睛首先看着这一两个学生，看他们领会了没有。改作文，改得特别仔细。听这一两个学生回讲课文，批改他们的作文课卷，是他的一大乐事。只有在这样的时候，他觉得不负此生，做了一点有意义的事。对于平常的学生，他亦以平常的精力对待之。对于资质顽劣、不守校规的学生，他常常痛加训斥，不管他的爸爸是什么局长还是什么党部委员。有些话说得比较厉害，甚至侵及他们的家长。

因这些，校中同事不喜欢他，又有点怕他。他们为他和自己的不同处而愤愤不平，说他是自命清高，沽名钓誉，不近人情，有的干脆说："这是绝户脾气！"

高先生没有儿子，只有两个女儿。

高先生性子很急，爱生气。生起气来不说话，满脸通红，脑袋不停地剧烈地摇动。他家世寒微，资格不高，故多疑。有时别人说了一两句不中听的话，或有意，或无意，高先生都会多心。比如有的教员为一点不顺心的事而牢骚，说："家有三担粮，不当孩子王！我祖上还有几亩薄田，饿不死。不为五斗米折腰，我辞职，不干了！"——"老子不是那不花钱的学校毕业的，我不受这份窝囊气！"高先生都以为这是敲打他，他气得太阳穴的青筋都绷起来了。看样子他就会拍桌大骂，和人吵一架，然而他强忍下了，他只是不停地剧烈地摇着脑袋。

高先生很孤僻，不出人情，不随份子，几乎与人不通庆吊。他家从不请客，他也从不赴宴。他教书之外，也还为人写寿序、撰挽联，委托的人家照例都得请请他。知单[1]送到，他照例都在自己的名字下书一“谢”字。久而久之，都知道他这脾气，也就不来多此一举了。

他不吃烟，不饮酒，不打牌，不看戏。除了学校和自己的家，哪里也不去。每天他清早出门，傍晚回家。拍拍白木的板门，过了一会儿，门开了。进门是一条狭长的过道，砖缝里长着扫帚苗、苦艾和一种名叫“七里香”其实是闻不出什么气味、开着蓝色的碎花的野草，有两个黄蝴蝶寂寞地飞着。高先生就从这些野草丛中踏着沉重的步子走进去，走进里面一个小门，好像走进了一个深深的洞穴，高大的背

1 请客的单子，上面开列了要请的客。被请的人如在自己的姓名下写“敬陪末座”或一“知”字，即表示准时赴席；写一“谢”字是表示不到。

影消失了。木板门又关了，把门上的一副春联关在外面。

高先生家的春联都是自撰的，逐年更换。不像一般人家是迎祥纳福的吉利话，都是述怀抱、舒愤懑的词句，全城少见。

这年是辛未年，板门上贴的春联嵌了高先生自己的名、字：

辛夸高岭桂

未徙北溟鹏

也许这是一个好兆，“未徙”者“将徙”也。第二年，即壬申年，高北溟竟真的“徙”了。

这县里有一个初级中学。除了初中，还有一所初级师范、一所女子师范，都是为了培养小学师资的。只有初中生，是准备将来出外升学的，因此这初中俨然是本县的最高学府。可是一向办得很糟。名义上的校长是李三麻子，根本不来视事。教导主任张维谷（这个名字很怪）是个出名的吃白食的人。他有几句名言：“不愿我请人，不愿人请我，只愿人请人，当中有个我。”人品如此，学问可知。数学教员外号“杨半本”，他讲代数、几何，从来没有把一本书讲完过，大概后半本他自己也不甚了了。历史教员姓居，是个律师，学问还不如高尔础。他讲唐代的艺术一节，教科书上说唐代的书法分“方笔”和“圆笔”，他竟然望文生义，说方笔的笔杆是方的，圆笔的笔杆是圆的。连初中的孩子略想一想，也觉得无此道理。一个学生当时就站起来问：“笔杆是方的，那么笔头是不是也是方的呢？”这帮学混子简直是在误人子弟。学生家长，意见很大。到了暑假，学生闹了一次风潮（这是他们第一次参加的“学潮”）。事情还是从居大律师那里引起的。平日，学生在课堂上有什么不明白的问题问他，他的回答总是“书上有”。到学期考试时，学生搞了一次变相的罢考。卷子发下来，不到五分钟，一个学生以关窗为号，大家一起把卷子交了上去，每道试题下面一律写了三个字：“书上有”！张维谷及其一伙，实在有点“维谷”，混不下去了。

教育局长不得不下决心对这个学校进行改组——否则只怕连他这个局长也坐不稳。

恰好沈石君因和厅里一个科长意见不合，愤而辞职，回家闲居，正在四处写信，托人找事，地方上人挽他出山来长初中。沈石君再三推辞，禁不住不断有人踵门劝说，也就答应了。他只提出一个条件：所有教员，由他决定。教育局长沉吟了一会儿，说：“可以。”

沈石君是想有一番作为的。他自然要考虑各种关系，也明知局长的口袋里装了几个人，想往初中里塞，不得不适当照顾，但是几门主要课程的教员绝对不能迁就。

国文教员，他聘了高北溟。许多人都感到意外。

高先生自然欣然同意。他谈了一些他对教学的想法。沈石君认为很有道理。

高先生要求“随班走”。教一班学生，从初一教到初三，一直到送他们毕业，考上高中。他说别人教过的学生让他来教，如垦生荒，重头来起，事倍功半。教书教人，要了解学生，知己知彼。不管学生的程度，照本宣科，是为瞎教。学生已经懂得的，再来教他，是白费；暂时不能接受的，勉强教他，是徒劳。他要看着、守着他的学生，看到他是不是一月有一月的进步，一年有一年的进步。如同注水入瓶，随时知其深浅。他说当初谈老先生就是这样教他的。

他要求在部定课本之外，自选教材。他说教的是书，教书的是高北溟。“只有我自己熟读，真懂，我所喜爱的文章，我自己为之感动过的，我才讲得好。”他强调教材要有一定的系统性，要有重点。他也讲《苛政猛于虎》、

《晏子使楚》、《项羽本纪》、《出师表》、《陈情表》、韩、柳、欧、苏。集中地讲的是白居易、归有光、郑板桥。最后一学期讲的是朱自清的《背影》、都德的《磨坊文札》。他好像特别喜欢归有光的文章。一个学期内把《先妣事略》《项脊轩志》《寒花葬志》都讲了。他要把课堂讲授和课外阅读结合起来。课上讲了《卖炭翁》《新丰折臂翁》，同时把白居易的新乐府全部印发给学生。讲了一篇《潍县署中寄弟墨》，把郑板桥的几封主要的家书、道情和一些题画的诗也都印发下去。学生看了，很有兴趣。这种做法，在当时的初中国文教员中极为少见。他选的文章看来有一个标准：有感慨，有性情，平易自然。这些文章有一个贯串性的思想倾向，这种倾向大体上可以归结为：人道主义。

他非常重视作文。他说学国文的最终的目的，是把文章写通。学生作文他先眉批一道，指出好处和不好处，发下去由学生自己改一遍，或同学间互相改；交上来，他再改一遍，加点批，再发给学生，让学生自己誊一遍，留起来；要学生随时回过头来看看自己的文章。他说，作文要如使船，撑一篙是一篙，作一篇是一篇。不能像驴转磨，走了三年，只在磨道里转。

为了帮助学生将来升学，他还自编了三种辅助教材。一年级是《字形音义辨》，二年级是《成语运用》，三年级是《国学常识》。

在县立初中读了三年的学生，大部分文字清通、知识丰富，他们在考高中，甚至日后在考大学时，国文分数都比较高，是高先生给他们打下的底子。更重要的是他们学会了欣赏文学——高先生讲过的文章的若干片段，许多学生过了三十年还背得；他们接受了高先生通过那些选文所传播的思想——人道主义，影响到他们一生的立身为人。呜呼，先生之泽远矣！

（玻璃一样脆亮的童声高唱着。瓦片和树叶都在唱。）

高先生的家也搬了。搬到老屋对面的一条巷子里。高先生用历年的积蓄，买了一所小小的四合院。房屋虽也旧了，但间架砖木都还结实。天井里花木扶疏，苔痕上阶，草色入帘，很是幽静。

高先生这几年心境很好，人也变随和了一些。他和沈石君以及一般同事相处甚得。沈石君每年暑假要请一次客，对校中同仁表示慰劳，席间也谈谈校务。高先生是不须催请，早早就到的。他还备了几样便菜，约几个志同道合的教员，在家里赏荷小聚。（五小的那位师爷式的教员听到此事，编了一条歇后语：“高北溟请客——破天荒”。）这几年，很少看到高先生气得脑袋不停地剧烈地摇动。

高先生有两件心事。

一件是想把谈老师的诗文刻印出来。

谈老先生死后，后人很没出息，游手好闲，坐吃山空，几年工夫，把谈先生挣下的家业败得精光，最后竟至靠拆卖房屋的砖瓦维持生活。谈老先生的宅第几乎变成一片瓦砾，旧池乔木，荡然无存。门楼倒还在，也破落不堪了。供轿夫休息的长凳早没有了，剩了一个空空的架子。里面有一算卦的摆了一个卦摊。条桌上放着签筒。桌前系着桌帷，白色的圆“光”里写了四个字：“文王神课”。算卦的伏在桌上打盹。这地方还叫作“谈家门楼”。过路人走过，都有不胜今昔之感，觉得沧海桑田，人生如梦。

谈老先生的哲嗣名叫幼渔。到无米下锅时，就到谈先生的学生家去打秋风。到了高北溟家，高先生总要周济他一块、两块、三块、五块。总不让他空着手回去。每年腊月，还得为他准备几斗米、一方腌肉、两条风鱼，否则这个年幼渔师弟过不去。

高北溟和谈先生的学生周济谈幼渔，是为了不忘师恩，是怕他把谈先生的文稿卖了。他已经几次要卖这部文稿。买主是有的，就是李三麻子（此人老而不死）。高先生知道，李三麻子买到文稿，改头换面，就成了他的著作。李三麻子惯于欺世盗名，这种事干得出。李三麻子出价一百，告诉幼渔，稿到即付。

高先生狠了狠心，拿出一百块钱，跟谈幼渔把稿子买了。

想刻印，却很难。松华斋可以铅印，尚古房可以雕版。问了问价钱，都贵得吓人，为高北溟力所不及。稿子放在架上，逐年摊晒。高先生觉得对不起老师，心里很不安。

另一件心事是女儿高雪的前途和婚事。

高先生的两个女儿，长名高冰，次名高雪。

高雪从小很受宠，一家子都惯她，很娇。她用的东西都和姐姐不一样。姐姐夏天穿的衣是府绸的，她穿的是湖纺。姐姐穿白麻纱袜，她却有两条长筒丝袜。姐姐穿自己做的布鞋，她却一会儿是“千底一带”，一会儿是白网球鞋，并且在初中二年级就穿了从上海买回来的皮鞋。姐姐不嫉妒，倒说：“你的脚好看，应该穿好鞋。”姐姐冬天烘黄铜的手炉，她的手炉是白铜的。姐姐扇细芭蕉扇，她扇檀香扇。东西也一样。吃鱼，脊梁、肚皮是她的（姐姐吃鱼头、鱼尾，且说她爱吃），吃鸡，一只鸡腿归她（另一只是高先生的）。她还爱吃陈皮梅、嘉应子、橄榄。她一个人吃。家务事也不管。扫地、抹桌、买菜、煮饭，都是姐姐。高起兴来，打了井水，把家里什么都洗一遍，砖地也洗一遍，大门也洗一遍，弄得家里水漫金山，人人只好缩着脚坐在凳子上。除了自己的衣服，她不洗别人的。被褥帐子，都是姐姐洗。姐姐在天井里一大盆一大盆，洗得汗马淋漓，她却躺在高先生的藤椅上看《茵梦湖》。高先生的藤椅，除了她，谁也不坐，这是一家之主的象征。只有一件事，她乐意做：浇花。这是她的特权，别人不许浇。

高先生治家很严，高师母、高冰都怕他。只有对高雪，从未碰过一指头。在外面生了一点气，回来看看这个“欢喜团”，气也就消了。她要什么，高先生都依她。只有一次例外。

高雪初三毕业，要升学（高冰没有读中学，小学毕业，就在本城读了女师，已经在教书）。她要考高中，将来到北平上大学。高先生不同意，只许她报师范。高雪哭，不吃饭。妈妈和姐姐坐在床前轮流劝她。

“不要这样。多不好。爸爸不是不想让你向高处飞，爸爸没有钱。三年高中，四年大学，路费、学费、膳费、宿费，得好一笔钱。”

“他有钱！”

“他哪有钱呀！”

“在柜子里锁着！”

“那是攒起来要给老谈先生刻文集的。”

“干吗要给他刻！”

“这孩子，没有老谈先生，爸爸就没有本事。上大学呢！你连小学也上不了。知恩必报，人不能无情无义。”

“再说那笔钱也不够你上大学。好妹妹，想开一点。师范毕业，教两年，不是还可以考大学吗？你自己攒一点，没准爸爸这时候收入会更多一些。我跟爸爸说说，我挣的薪水，一半交家里，一半给你存起来，三四年下来，也是个数目。”

“你不用？”

“我？——不用！”

高雪被姐姐的真诚感动了，眼泪晶晶的。

姐姐说得也有理。国民党教育部有个规定，师范毕业，教两年小学，算是补偿了师范三年的学杂费，然后可以考大学。那时大学生里岁数大，老成持重的，多半曾是师范生。

“快起来吧！不要叫爸爸心里难过。你看看他：整天不说话，脑袋又不停地摇了。”

高雪虽然娇纵任性，这点清清楚楚的事理她是明白的。她起来洗洗脸，走到书房里，叫了一声：

“爸爸！”

并盛了一碗饭，用茶水淘淘，就着榨菜，吃了。好像吃得很香。

高先生知道女儿回心转意了，他心里倒酸渍渍的，很不好受。

高雪考了苏州师范。

高雪小时候没有显出怎么好看。没有想到，女大十八变，两三年工夫，变成了一个美人。每年暑假回家，一身白。白旗袍（在学校只能穿制服：白上衣，黑短裙），漂白细草帽，白纱手套，白丁字平跟皮鞋。丰姿楚楚，行步婀娜，态度安静，顾盼有光。不论在火车站月台上，轮船甲板上，男人女人都朝她看。

男人看了她，敞开法兰绒西服上衣的扣，露出新买的时式领带，频频回首，自作多情。女的看了她，从手提包里取出小圆镜照照自己。各依年貌，生出不同的轻轻感触。

她在学校里唱歌、弹琴，都很出色。唱的歌是《茶花女》的《饮酒歌》，弹的是肖邦的小夜曲。

她一回本城，城里的女孩子都觉得自己很土。她们说高雪有一种说不出来的派头。

有女儿的人说："高北溟生了这样一个女儿，这个爸爸当得过！"

任何小城都是有风波的。因为省长易人，直接影响到这个小县的人事。县长、党部、各局，统统来了一个大换班。公职人员，凡靠领薪水吃饭的，无不人心惶惶。

一县的人事更代，自然会波及县立初中。

三十几个教育界人士，联名写信告了沈石君。一式两份，分送厅、局。执笔起草的就是居大律师。他虽分不清方笔、圆笔，却颇善于刀笔。主要的罪名是：“把持学政，任用私人，倡导民主，宣传赤化。”后两条是初中图书馆里买了鲁迅、高尔基的书，订了《生活周刊》，“纪念周”上讲时事。“任用私人”牵涉到高北溟。信中说：“简师毕业，而教中学，纵观全国，无此特例。只为同门受业，不惜破格躐等，遂使寰城父老疾首，而令方帽学士寒心。”指摘高北溟的教学是“不依规矩，自作主张，藐视部厅，搅乱学制”。

有人把这封信的底稿抄了一份送给沈石君。沈石君看了，置之一笑。他知道这个初中校长的位置，早已有人觊觎，自厅至局，已经内定。这封控告信，不过是制造一个查办的口实。此种官场小伎俩，是三岁小儿都知道的。和这些人纠缠，味同嚼蜡。何况他已在安徽找到事，毫无恋栈之心。为了给当局一个下马台阶，彼此不伤和气，他自己主动递了一封辞职书。不两天，批复照准。继任校长，叫尹同霖，原是办党务的。——新换上的各局首脑也都是清一色，是县党部的委员。这一调整充分体现了“以党治国”精神。没有等办理交代，尹同霖先来拜会了沈石君，这是给他一个很大的面子，免得彼此心存芥蒂。尹同霖问沈石君有什么托付，沈石君只希望他能留高北溟。尹同霖满口答应。

沈石君束装就道之前，来看了高北溟，说他已和同霖提了，这点面子料想他会给的，他叫高北溟不要另外找事，安心在家等聘书。

不料，快开学了，聘书还不下来。同时，却收到第五小学的聘书。聘书后盖着五小新校长的签名章：张维谷。这是怎么回事呢？他并未向张维谷谋过职呀。

高先生只得再回五小去教书。

高先生到教务处看看，教员大半还是熟人。他和大家点点头，拿了粉笔、点名册往教室里走。纨绔子弟和幕僚在他身后努努嘴，演了一出双簧。一个说“好马不吃回头草”，一个说“前度刘郎今又来”。高北溟只当没有听见。

五年级有一个学生叫申潜，是现任教育局长的儿子，异常顽劣，上课时常捣乱。有一次他乘高先生回身写黑板时，用弹弓纸弹打人，一弹打在高先生的后脑勺上。高先生勃然大怒，把他训斥了一顿。不想申潜毫不认错，反而睖着眼睛看着高先生，眼睛里充满了鄙视。他没有说一句话，但是高先生从他的眼睛里清清楚楚听得到：“你有什么了不起！我爸爸动一动手指头，你们的饭碗就完蛋！”高先生狂吼起来：“你仗你老子的势！你们！你们这些党棍子，你们欺人太甚！”他的脑袋剧烈地摇动起来。一堂学生被高先生的神气吓呆了，鸦雀无声。

谈甓渔的文稿没有刻印出来。永远也没有

刻印出来的希望了。

高雪病了。

按规定，师范毕业，还要实习一年，才能正式任教。高雪在实习一年的下学期，发现自己下午潮热（同学们都看出她到下午两颊微红，特别好看），夜间盗汗，浑身没有力气。撑到学期终了，回了家，高师母知道女儿病状，说是：“可了不得！”这地方讳言这种病的病名，但是大家心里都明白。高先生请了汪厚基来给高雪看病。

汪厚基是高先生最喜欢的学生，说他“绝顶聪明”。他从一年级到六年级，各门功课都是全班第一。全县的作文比赛、书法比赛，他都是第一名。他临毕业的那年，高先生为人撰了一篇寿序。经寿翁的亲友过目之后，大家商量请谁来写。高先生一时高兴，推荐了他这个得意的学生。大家觉得叫一个孩子来写，倒很别致，而且可以沾一沾返老还童的喜气，就说不妨一试。汪厚基用多宝塔体写了十六幅寿屏，字径二寸，笔力饱满。张挂起来，满座宾客，无不诧为神童。高先生满以为这个学生一定会升学，将来一定会出人头地。他家里开爿米店，家道小康，升学没有多大困难。不想他家里决定叫他学医——学中医。高先生听说，废书而叹，连声说："可惜，可惜！"

汪厚基跟一个姓刘的老先生学了几年，在东街赁了一间房，挂牌行医了。他看起来完全不像个中医。中医宜老不宜少，而且最好是行动蹒跚、相貌奇古，这样病家才相信。东街有一个老中医就是这样。此人外号李花脸，满脸的红记，一年多半穿着紫红色的哆啰呢夹袍，黑羽纱马褂，说话是个齉鼻儿，浑身发出樟木气味，好像本人也才从樟木箱子里拿出来。汪厚基全不是这样，既不弯腰，也不驼背，英俊倜傥，衣着入时，像一个大学毕业生。他开了方子，总把笔套上。——中医开方之后，照例不套笔，这是一种迷信，套了笔以后就不再有人找他看病了。汪厚基不管这一套，他会写字，爱笔。他这个中医还订了好几份杂志，并且还看屠格涅夫的小说。这些都是对行医不利的。但是也许沾了“神童”的名誉的光，请他看病的不少，收入颇为可观。他家里觉得叫他学医这一步走对了。

他该成家了。来保媒的一年都有几起。汪厚基看不上。他私心爱慕着高雪。

他和高雪小学同班。两家住得不远。上学，放学，天天一起走，小时候感情很好。街上的野孩子有时欺负高雪，向她扔土坷垃，汪厚基就给她当保镖。他还时常做高雪掉在河里，他跳下去把她救起来这样的英雄的梦。高雪读了初中、师范，他看她一天比一天长得漂亮起来。隔几天看见她，都使他觉得惊奇。高雪上师范三年级时，他曾托人到高家去说媒。

高师母是很喜欢汪厚基的。高冰说：“不

行！妹妹是个心高的人，她要飞到很远的地方去。她要上大学。她不会嫁一个中医。妈，您别跟妹妹说！”高北溟想了一天，对媒人说：“高雪还小。她还有一年实习，再说吧。”媒人自然知道，这是一种委婉的推托。

汪厚基每天来给高雪看病。汪厚基觉得这是一种福。高雪也很感激他。看了病，汪厚基常坐在床前，陪高雪闲谈。他们谈了好多小时候的事，彼此都记得那么清楚。高雪一天一天地好起来了。

高雪病愈之后，就在本县一小教书——她没有能在外地找到事。她一面补习功课，准备考大学。

接连考了两年，没有考取。

第三年，七七事变，抗日战争爆发，她所向往的大学，都迁到了四川、云南。日本人占领了江南，本县外出的交通断了。她想冒险通过敌占区，往云南、四川去。全家人都激烈反对。她只好在这个小城里困着。

高雪的岁数一年比一年大，该嫁人了。多少双眼睛都看着她。她老不结婚，大家就都觉得奇怪。城里渐渐有了一些流言。轻嘴薄舌的人很多。对一个漂亮的少女，有人特别爱用自己肮脏的舌头来糟蹋她，话说得很难听，说她外面有人，还说……唉，别提这些了吧。

高雪在学校是经常收到情书。有的摘录了李后主、秦少游的词，满纸伤感惆怅。有的抄了一些外国诗。有一位抄了一大段拜伦的情诗的原文，害得她还得查字典。这些信大都也有一点感情，但又都不像很认真。高雪有时也回信，写的也是一些虚无缥缈的话。她并没有一个真正的情人。

本县的小学里不断有人向她献殷勤，她一个也看不上，觉得他们讨厌。

汪厚基又托媒人来说了几次媒，都被用不同的委婉言辞拒绝了。——每次家里问高雪，她都是摇摇头。

一次又一次，高家全家的心都活了，连高冰也改变了态度。她和高雪谈了半夜。

“行了吧。汪厚基对你是真心。他说他非你不娶，是实话。他脾气好，一定会对你很体贴。人也不俗。你们不是也还谈得来么？你还挑什么呢？你想要一个什么人？你想要的，这个县城里没有！妹妹，你不小了。听姐姐话，再拖下去，你真要留在家里当老姑娘？这是命，你心高命薄。退一步看，想宽一点。花开堪折直须折，莫待无花空折枝呀……”

高雪一直没有说话。

高雪同意和汪厚基结婚了。婚后的生活是平静的。汪厚基待高雪，真是含在口里怕她化了，体贴到不能再体贴。每天下床，都是厚基给她穿袜子，穿鞋。她梳头，厚基在后面捧着镜子。天凉了，天热了，厚基早给她把该换的衣服找出来放着。嫂子们常常偷偷在窗外看这小两口的无穷无尽的蜜月新婚，抿着嘴笑。

然而高雪并不快乐，她的笑总有点凄凉。半年之后，她病了。

汪厚基自己给她看病，亲自到药店去抓药，亲自煎药，还亲自尝一尝。他把全部学识都拿出来了。然而高雪的病没有起色。他把全城同行名医，包括几个西医，都请来给高雪看病。可是大家都说不出一个所以然，连一个准病名都说不出，一人一个说法。一个西医说了一个很长的拉丁病名，汪厚基请教是什么意思，这位西医说："忧郁症。"

病了半年，百药罔效，高雪瘦得剩了一把骨头。厚基抱她起来，轻得像一个孩子。高雪觉得自己不行了，叫厚基给她穿衣裳。衣裳穿好了，袜子也穿好了，高雪微微皱了皱眉，说左边的袜跟没有拉平。厚基给她把袜跟拉平了，她用非常温柔的眼光看着厚基，说："厚基，你真好！"随即闭了眼睛。

汪厚基到高先生家去报信。他详详细细叙说了高雪临死的情形，说她到最后还很清醒，“我给她穿袜子，她还说左边的袜跟没有拉平”。高师母忍不住，到房里坐在床上痛哭。高冰的眼泪不断流出来，喊了一声：“妹妹，你想飞，你没有飞出去呀！”高先生捶着书桌说：“怪我！怪我！怪我！”他的脑袋不停地摇动起来。——高先生近年不只在生气的时候，只要感情一激动，就摇脑袋。

汪厚基把牌子摘了下来，他不再行医了。“我连高雪的病都看不好，我还给别人看什么？”这位医生对医药彻底发生怀疑：“医道，没有用！——骗人！”他变得有点傻了，遇见熟人就说：“她到最后还很清醒，我给她穿袜子，她还说左边袜跟没有拉平……”他不知道，他已经跟这人说过几次了。他的眼光呆滞，反应也很迟钝了。他的那点聪明灵气已经全部消失。他整天无所事事，一起来就到处乱走。家里人等他吃饭，每回看不见他，一找，他都在高雪的坟旁坐着。

高先生已经死了几年了。

五小的学生还在唱：

西挹神山爽气，

东来邻寺疏钟……

墓草萋萋，落照昏黄，歌声犹在，斯人邈矣。

高先生在东街住过的老屋倒塌了，临街的墙壁和白木板门倒还没有倒。板门上高先生写的春联也还在。大红朱笺被风雨漂得几乎是白色的了，墨写的字迹却还很浓，很黑。

辛夸高岭桂

未徙北溟鹏

一九八一年八月四日于青岛黄岛

鉴赏家

全县第一个大画家是季匋民，第一个鉴赏家是叶三。

叶三是个卖果子的。他这个卖果子的和别的卖果子的不一样。不是开铺子的，不是摆摊的，也不是挑着担子走街串巷的。他专给大宅门送果子。也就是给二三十家送。这些人家他走得很熟，看门的和狗都认识他。到了一定的日子，他就来了。里面听到他敲门的声音，就知道：是叶三。挎着一个金丝篾篮，篮子上插一把小秤，他走进堂屋，扬声称呼主人。主人有时走出来跟他见见面，有时就隔着房门说话。“给您称——？”——“五斤。”什么果子，是看也不用看的，因为到了什么节令送什么果子都是一定的。叶三卖果子从不说价。买果子的人家也总不会亏待他。有的人家当时就给钱，大多数是到节下（端午、中秋、新年）再说。叶三把果子称好，放在八仙桌上，道一声“得罪”，就走了。他的果子不用挑，个个都是好的。他的果子的好处，第一是得四时之先。市上还没有见这种果子，他的篮子里已经有了。第二是都很大，都均匀，很香，很甜，很好看。他的果子全都从他手里过过，有疤的、有虫眼的、挤筐、破皮、变色、过小的全都剔下来，贱价卖给别的果贩。他的果子都是原装；有些是直接到产地采办来的，都是“树熟”——不是在米糠里闷熟了的。他经常出外，出去买果子比他卖果子的时间要多得多。他也很喜欢到处跑。四乡八镇，哪个园子里，什么人家，有一棵什么出名的好果树，他都知道，而且和园主打了多年交道，熟得像是亲家一样了。——别的卖果子的下不了这样的功夫，也不知道这些路道。到处走，能看很多好景致，知道各地乡风，可资谈助，对身体也好。他很少得病，就是因为路走得多。

立春前后，卖青萝卜。“棒打萝卜”，摔在地下就裂开了。杏子、桃子下来时卖鸡蛋大的香白杏，白得像一团雪，只嘴儿以下有一根红线的“一线红”蜜桃。再下来是樱桃，红的像珊瑚，白的像玛瑙。端午前后，枇杷。夏天卖瓜。七八月卖河鲜：鲜菱、鸡头、莲蓬、花下藕。卖马牙枣、卖葡萄。重阳近了，卖梨：河间府的鸭梨、莱阳的半斤酥，还有一种叫作“黄金坠子”的香气扑人个儿不大的甜梨。菊花开过了，卖金橘，卖蒂部起脐子的福州蜜橘。入冬以后，卖栗子、卖山药（粗如小儿臂）、卖百合（大如拳）、卖碧绿生鲜的檀香橄榄。

他还卖佛手、香橼。人家买去，配架装盘，书斋清供，闻香观赏。

不少深居简出的人，是看到叶三送来的果子，才想起现在是什么节令了的。

叶三卖了三十多年果子，他的两个儿子都成人了。他们都是学布店的，都出了师了。老二是三柜，老大已经升为二柜了。谁都认为老大将来是会升为头柜，并且会当管事的。他天生是一块好材料。他是店里头一把算盘，年终结总时总得由他坐在账房里哔哔剥剥打好几天。接待厂家的客人，研究进货（进货是个大学问，是一年的大计，下年多进哪路货，少进哪路货，哪些必须常备，哪些可以试销，关系全年的盈亏），都少不了他。老二也很能干。量尺、撕布（撕布不用剪子开口，两手的两个指头夹着，借一点巧劲，嗤——的一声，布就撕到头了），干净利落。店伙的动作快慢，也是一个布店的招牌。顾客总愿意从手脚麻利的店伙手里买布。这是天分，也靠练习。有人就一辈子都是迟钝笨拙，改不过来。不管干哪一行，都是人比人，这是没有办法的事。弟兄俩都长得很神气，眉清目秀，不高不矮。布店的店伙穿得都很好。什么料子时新，他们就穿什么料子。他们的衣料当然是价廉物美的。他们买衣料是按进货价算的，不加利润；若是零头，还有折扣。这是布店的规矩，也是老板乐为之的，因为店伙穿得时髦，也是给店里装门面的事。有的顾客来买布，常常指着店伙的长衫或翻在外面的短衫的袖子："照你这样的，给我来一件。"

弟兄俩都已经成了家，老大已经有一个孩子——叶三抱孙子了。

这年是叶三五十岁整生日，一家子商量怎么给老爷子做寿。老大老二都提出爹不要走宅门卖果子了，他们养得起他。

叶三有点生气了：

“嫌我给你们丢人？两位大布店的‘先生’，有一个卖果子的老爹，不好看？”

儿子连忙解释：

“不是的。你老人家岁数大了，老在外面跑，风里雨里，水路旱路，做儿子的心里不安。”

“我跑惯了。我给这些人家送惯了果子。就为了季四太爷一个人，我也得卖果子。”

季四太爷即季匋民。他大排行是老四，城里人都称之为四太爷。

“你们也不用给我做什么寿。你们要是有孝心，把四太爷送我的画拿出去裱了，再给我打一口寿材。”这里有这样一种风俗，早早就把寿材准备下了，为的讨个吉利：添福添寿。于是就都依了他。

叶三还是卖果子。

他真是为了季匋民一个人卖果子的。他给别人家送果子是为了挣钱，他给季匋民送果子是为了爱他的画。

季匋民有一个脾气，一边画画，一边喝酒。喝酒不就菜，就水果。画两笔，凑着壶嘴喝一大口酒，左手拈一片水果，右手执笔接着画。画一张画要喝二斤花雕，吃斤半水果。

叶三搜罗到最好的水果，总是首先给季匋民送去。

季匋民每天一起来就走进他的小书房——画室。叶三不须通报，由一个小六角门进去，走过一条碎石铺成的冰花曲径，隔窗看见季匋民，就提着、捧着他的鲜果走进去。

“四太爷，枇杷，白沙的！”

“四太爷，东墩的西瓜，三白！——这种三白瓜有点梨花香味，别处没有！”

他给季匋民送果子，一来就是半天。他给季匋民磨墨、漂朱磦、研石青石绿、抻纸。季匋民画的时候，他站在旁边很入神地看，专心致意，连大气都不出。有时看到精彩处，就情不自禁地深深吸一口气，甚至小声地惊呼起来。凡是叶三吸气、惊呼的地方，也正是季匋民的得意之笔。季匋民从不当众作画，他画画有时是把书房门锁起来的。对叶三可例外，他很愿意有这样一个人在旁边看着，他认为叶三真懂，叶三的赞赏是出于肺腑，不是假充内行，也不是谀媚。

季匋民最讨厌听人谈画。他很少到亲戚家应酬。实在不得不去的，他也是到一到，喝半盏茶就道别。因为席间必有一些假名士高谈阔论。因为季匋民是大画家，这些名士就特别爱在他面前评书论画，借以卖弄自己高雅博学。这种议论全都是道听途说，似通不通。季匋民听了，实在难受。他还知道，他如果随声答音，应付几句，某一名士就会在别的应酬场所重贩他的高论，且说："兄弟此言，季匋民亦深为首肯。"

但是他对叶三另眼相看。

季匋民最佩服李复堂[1]。他认为扬州八怪里李复堂功力最深，大幅小品都好，有笔有墨，也奔放，也严谨，也浑厚，也秀润，而且不装模作样，没有江湖气。有一天叶三给他送来四开李复堂的册页，使季匋民大吃一惊：这四开册页是真的！季匋民问他是多少钱买的，叶三说没花钱。他到三垛贩果子，看见一家的柜橱的玻璃里镶了四幅画——他在四太爷这里看过不少李复堂的画，能辨认，他用四张“苏

1 李复堂，名鱓，字宗扬，复堂是他的号，又号懊道人。他是康熙年间的举人，当过滕县知县，因为得罪上级，功名和官都被革掉了，终年只作画师。他作画有时得向郑板桥去借纸，大概是相当穷困的。他本画工笔，是宫廷画家蒋廷锡的高足。后到扬州，改画写意，师法高其佩，受徐青藤、八大、石涛的影响，风度大变，自成一家。

州片”[1]跟那家换了。“苏州片”花花绿绿的，又是簇新的，那家还很高兴。

叶三只是从心里喜欢画，他从不瞎评论。季匋民画完了画，钉在壁上，自己负手远看，有时会问叶三：

“好不好？”

“好！”

“好在哪里？”

叶三大都能一句话说出好在何处。

季匋民画了一幅紫藤，问叶三。

叶三说：“紫藤里有风。”

“唔！你怎么知道？”

“花是乱的。”

“对极了！”

季匋民提笔题了两句词：

---

1 仿旧的画，多为工笔花鸟，设色娇艳，旧时多为苏州画工所作，行销各地，故称“苏州片”。苏州片也有仿制得很好的，并不俗气。

“深院悄无人，风拂紫藤花乱。”

季匋民画了一张小品，老鼠上灯台。叶三说：“这是一只小老鼠。”

“何以见得？”

“老鼠把尾巴卷在灯台柱上。它很顽皮。”

“对！”

季匋民最爱画荷花。他画的都是墨荷。他佩服李复堂，但是画风和复堂不似。李画多凝重，季匋民飘逸。李画多用中锋，季匋民微用侧笔——他写字写的是章草。李复堂有时水墨淋漓，粗头乱服，意在笔先；季匋民没有那样的恣悍，他的画是大写意，但总是笔意俱到，收拾得很干净，而且笔致疏朗，善于利用空白。他的墨荷参用了张大千，但更为舒展。他画的荷叶不勾筋，荷梗不点刺，且喜作长幅，荷梗甚长，一笔到底。

有一天，叶三送了一大把莲蓬来，季匋民一高兴，画了一幅墨荷，好些莲蓬。画完了，问叶三："如何？"

叶三说："四太爷，你这画不对。"

"不对？"

"'红花莲子白花藕'。你画的是白荷花，莲蓬却这样大，莲子饱，墨色也深，这是红荷花的莲子。"

"是吗？我头一回听见！"

季匋民于是展开一张八尺生宣，画了一张红莲花，题了一首诗：

红花莲子白花藕，果贩叶三是我师。
惭愧画家少见识，为君破例著胭脂。

季匋民送了叶三很多画。——有时季匋民画了一张画，不满意，团掉了。叶三捡起来，过些日子送给季匋民看看，季匋民觉得也还不错，就略改改，加了题，又送给了叶三。季匋民送给叶三的画都是题了上款的。叶三也有个学名。他五行缺水，起名润生。季匋民给他起了个字，叫泽之。送给叶三的画上，常题“泽之三兄雅正”。有时径题“画与叶三”。季匋民还向他解释：以排行称呼，是古人风气，不是看不起他。

有时季匋民给叶三画了画，说：“这张不题上款吧，你可以拿去卖钱——有上款不好卖。”

叶三说：“题不题上款都行。不过您的画我不卖。”

“不卖？”

“一张也不卖！”

他把季匋民送他的画都放在他的棺材里。

十多年过去了。

季匋民死了。叶三已经不卖果子，但是他四季八节，还四处寻觅鲜果，到季匋民坟上供一供。

季匋民死后，他的画价大增。日本有人专门收藏他的画。大家知道叶三手里有很多季匋民的画，都是精品。很多人想买叶三的藏画。叶三说：

"不卖。"

有一天有一个外地人来拜望叶三，叶三看了他的名片，这人的姓很奇怪，姓"辻"，叫"辻听涛"。一问，是日本人。辻听涛说他是专程来看他收藏的季匋民的画的。

因为是远道来的，叶三只得把画拿出来。辻听涛非常虔诚，要了清水洗了手，焚了一炷香，还先对画轴拜了三拜，然后才展开。他一边看，一边不停地赞叹：

"喔！喔！真好！真是神品！"

辻听涛要买这些画，要多少钱都行。

叶三说：

"不卖。"

辻听涛只好怅然而去。

叶三死了。他的儿子遵照父亲的遗嘱，把季匋民的画和父亲一起装在棺材里，埋了。

一九八二年二月二十八日

职业

文林街一年四季，从早到晚，有各种吆喝叫卖的声音。街上的居民铺户、大人小孩、大学生、中学生、小学生、小教堂的牧师和这些叫卖的人自己，都听得很熟了。

“有旧衣烂衫找来卖！”

我一辈子也没有听见过这么脆的嗓子，就像一个牙口极好的人咬着一个脆萝卜似的。这是一个中年的女人，专收旧衣烂衫。她这一声真能喝得千门万户开，声音很高，拉得很长，一口气。她把“有”字切成了“一——尤”，破空而来，传得很远（她的声音能传半条街）。“旧衣烂衫”稍稍延长，“卖”字有余不尽：

“一——尤旧衣烂衫……找来卖……”

“有人买贵州遵义板桥的化风丹……？”

我从此人的吆喝中知道了一个一般地理书上所不载的地名：板桥，而且永远也忘不了，因为我每天要听好几次。板桥大概是一个镇吧，想来还不小。不过它之出名可能就因为出一种叫化风丹的东西。化风丹大概是一种药吧？这药是治什么病的？我无端地觉得这大概是治小儿惊风的。昆明这地方一年能销多少化风丹？我好像只看见这人走来走去，吆喝着，没有见有人买过他的化风丹。当然会有人买的，否则他吆喝干什么。这位贵州老乡，你想必是板桥的人了，你为什么总在昆明待着呢？你有时也回老家看看么？

黄昏以后，直至夜深，就有一个极其低沉苍老的声音，很悲凉地喊着：

“壁虱药！蛇蚤药！”

壁虱即臭虫。昆明的跳蚤也是真多。他这时候出来吆卖是有道理的。白天大家都忙着，不到快挨咬，或已经挨咬的时候，想不起买壁虱药、蛇蚤药。

有时有苗族的少女卖杨梅、卖玉麦粑粑。

“卖杨梅——！”

“玉麦粑粑——！”

她们都是苗家打扮，戴一个绣花小帽子，头发梳得光光的，衣服干干净净的，都长得很秀气。她们卖的杨梅很大，颜色红得发黑，叫作“火炭梅”，放在竹篮里，下面衬着新鲜的绿叶。玉麦粑粑是嫩玉米磨制成的粑粑（昆明人叫玉米为苞谷，苗人叫玉麦），下一点盐，蒸熟（蒸出后粑粑上还明显地保留着拍制时的手指印痕），包在玉米的嫩皮里，味道清香清香的。这些苗族女孩子把山里的夏天和初秋带到了昆明的街头了。

…………

在这些耳熟的叫卖声中，还有一种，是：

“椒盐饼子西洋糕！”

椒盐饼子，名副其实：发面饼，里面和了一点椒盐，一边稍厚，一边稍薄，形状像一把老式的木梳，是在铛上烙出来的，有一点油性，颜色黄黄的。西洋糕即发糕，米面蒸成，状如莲蓬，大小亦如之，有一点淡淡的甜味。放的是糖精，不是糖。这东西和“西洋”可以说是毫无瓜葛，不知道何以命名曰“西洋糕”。这两种食品都不怎么诱人。淡而无味，虚泡不实。买椒盐饼子的多半是老头儿，他们穿着土布衣裳，喝着大叶清茶，抽金堂叶子烟，泛览周王传，流观山海图，一边嚼着这种古式的点心，自得其乐。西洋糕则多是老太太叫住，买给她的小孙子吃。这玩意儿好消化，不伤人，下肚没多少东西。当然也有其他的人买了充饥，比如拉车的，赶马的马锅头[1]，在茶馆里打扬琴说书的瞎子……

卖椒盐饼子西洋糕的是一个孩子。他斜挎

1 马锅头是马帮的赶马人。不知道为什么叫马锅头。

着一个腰圆形的扁浅木盆，饼子和糕分别放在木盆两侧，上面盖一层白布，白布上放一饼一糕作为幌子，从早到晚，穿街过巷，吆喝着：

“椒盐饼子西洋糕！”

这孩子也就是十一二岁，如果上学，该是小学五六年级。但是他没有上过学。

我从侧面约略知道这孩子的身世。非常简单。他是个孤儿，父亲死得早。母亲给人家洗衣服。他还有个外婆，在大西门外摆一个茶摊卖茶，卖葵花子，他外婆还会给人刮痧、放血、拔罐子，这也能得一点钱。他长大了，得自己挣饭吃。母亲托人求了糕点铺的杨老板，他就做了糕点铺的小伙计。晚上发面，天一亮就起来烧火，帮师傅蒸糕、打饼，白天挎着木盆去卖。

“椒盐饼子西洋糕！”

这孩子是个小大人！他非常尽职，毫不贪玩。遇有唱花灯的、要猴的、要木脑壳戏的，他从不挤进人群去看，只是找一个有荫凉、引人注意的地方站着，高声吆喝：

“椒盐饼子西洋糕！”

每天下午，在华山西路、逼死坡前要过龙云的马。这些马每天由马夫牵到郊外去蹓，放了青，饮了水，再牵回来。他每天都是这时经过逼死坡（据说这是明建文帝被逼死的地方[1]），他很爱看这些马。黑马、青马、枣红马。有一匹白马，真是一条龙，高腿狭面，长腰秀颈，雪白雪白。它总不好好走路。马夫拽着它的嚼子，它总是骤骤騡騡的。钉了蹄铁的马蹄踏在石板上，郭答郭答。他站在路边看不厌，但是他没有忘记吆喝：

“椒盐饼子西洋糕！”

饼子和糕卖给谁呢？卖给这些马吗？

他吆喝得很好听，有腔有调。若是谱出

1 原文如此。据史实“明建文帝”应为“明永历帝”。——编者注来，就是：

| # $\underline{5\ 5}$ 6 -- | $\underline{5\ 3}$ $\overset{\frown}{\dot{2}}$ -- ‖

椒盐饼子　西洋糕

放了学的孩子（他们背着书包），也觉得他吆喝得好听，爱学他。但是他们把字眼改了，变成了：

| # $\underline{5\ 5}$ 6 -- | $\underline{5\ 3}$ $\overset{\frown}{\dot{2}}$ -- ‖

捏着鼻子——吹洋号

昆明人读“饼”字不走鼻音，“饼子”和“鼻子”很相近。他在前面吆喝，孩子们在他身后模仿：

“捏着鼻子吹洋号！”

这又不含什么恶意，他并不发急生气，爱学就学吧。这些上学的孩子比卖糕饼的孩子要小两三岁，他们大都吃过他的椒盐饼子西洋糕。他们长大了，还会想起这个“捏着鼻子吹洋号”，俨然这就是卖糕饼的小大人的名字。

这一天，上午十一点钟光景，我在一条巷

子里看见他在前面走。这是一条很长的、僻静的巷子。穿过这条巷子，便是城墙，往左一拐，不远就是大西门了。我知道今天是他外婆的生日，他是上外婆家吃饭去的（外婆大概炖了肉）。他妈已经先去了。他跟杨老板请了几个小时的假，把卖剩的糕饼交回到柜上，才去。虽然只是背影，但看得出他新剃了头（这孩子长得不难看，大眼睛，样子挺聪明），换了一身干净衣裳。我第一次看到这孩子没有挎着浅盆，散着手走着，觉得很新鲜。他高高兴兴，大摇大摆地走着。忽然回过头来看看。他看到巷子里没有人（他没有看见我，我去看一个朋友，正在倚门站着），忽然大声地、清清楚楚地吆喝了一声：

“捏着鼻子吹洋号！……”

（这是三十多年前在昆明写过的一篇旧作，原稿已失去。前年和去年都改写过，这一次是第三次重写了。一九八二年六月二十九日记）

七里茶坊

我在七里茶坊住过几天。

我很喜欢七里茶坊这个地名。这地方在张家口东南七里。当初想必是有一些茶坊的。中国的许多计里的地名，大都是行路人给取的。如三里河、二里沟、三十里铺。七里茶坊大概也是这样。远来的行人到了这里，说：“快到了，还有七里，到茶坊里喝一口再走。”送客上路的，到了这里，客人就说：“已经送出七里了，请回吧！”主客到茶坊又喝了一壶茶，说了些话，出门一揖，就此分别了。七里茶坊一定萦系过很多人的感情。不过现在却并无一家茶坊。我去找了找，连遗址也无人知道。

“茶坊”是古语，在《清明上河图》《东京梦华录》《水浒传》里还能见到。现在一般都叫“茶馆”了。可见，这地名的由来已久。

这是一个中国北方的普通的市镇。有一个供销社，货架上空空的，只有几包火柴，一堆柿饼。两只乌金釉的酒坛子擦得很亮，放在旁边的酒提子却是干的。柜台上放着一盆麦麸子做的大酱。有一个理发店，两张椅子，没有理发的，理发员坐着打瞌睡。一个邮局。一个新华书店，只有几套毛选和一些小册子。路口矗着一面黑板，写着鼓动冬季积肥的快板，文后署名“文化馆宣”，说明这里还有个文化馆。快板里写道：“天寒地冻百不咋[1]，心里装着全天下。”轰轰烈烈的大跃进已经过去，这种豪言壮语已经失去热力。前两天下过一场小雨，雨点在黑板上抽打出一条一条斜道。路很

---

1 “百不咋”是无所谓，没关系的意思。

宽，是土路。两旁的住户人家，也都是土墙土顶（这地方风雪大，房顶多是平的）。连路边的树也都带着黄土的颜色。这个长城以外的土色的冬天的市镇，使人产生悲凉的感觉。

除了店铺人家，这里有几家车马大店。我就住在一家车马大店里。

我头一回住这种车马大店。这种店是一看就看出来的，街门都特别宽大，成天敞开着，为的好进出车马。进门是一个很宽大的空院子。院里停着几辆大车，车辕向上，斜立着，像几尊高射炮。靠院墙是一个长长的马槽，几匹马面墙拴在槽头吃料，不停地甩着尾巴。院里照例喂着十多只鸡。因为地上有撒落的黑豆、高粱，草里有稗子，这些母鸡都长得极肥大。有两间房，是住人的。都是大炕。想住单间，可没有。谁又会上车马大店里来住一个单间呢？“碗大炕热”，就成了这类大店招徕顾客的口碑。

我是怎么住到这种大店里来的呢？

我在一个农业科学研究所下放劳动，已经两年了。有一天生产队长找我，说要派几个人到张家口去掏公共厕所，叫我领着他们去。为什么找到我头上呢？说是以前去了两拨人，都闹了意见回来了。我是个下放干部，在工人中还有一点威信，可以管得住他们，云云。究竟为什么，我一直也不太明白。但是我欣然接受了这个任务。

我打好行李，挎包里除了洗漱用具，带了一支大号的3B烟斗，一袋掺了一半榆树叶的烟草，两本四部丛刊本《分类集注杜工部集》，坐上单套马车，就出发了。

我带去的三个人，一个老刘、一个小王，还有一个老乔，连我四个。

我拿了介绍信去找市公共卫生局的一位“负责同志”。他住在一个粪场子里。一进门，就闻到一股奇特的酸味。我交了介绍信，这位同志问我：

“你带来的人，咋样？”

“咋样？”

“他们，啊，啊，啊……”

他“啊”了半天，还是找不到合适的词句。这位负责同志大概不大认识字。他的意思我其实很明白，他是问他们政治上可靠不可靠。他怕万一我带来的人会在公共厕所的粪池子里放一颗定时炸弹。虽然他也知道这种可能性极小，但还是问一问好。可是他词不达意，说不出这种报纸语言。最后还是用一句不很切题的老百姓话说：

“他们的人性咋样？”

“人性挺好！”

“那好。”

他很放心了，把介绍信夹到一个卷宗里，给我指定了桥东区的几个公厕。事情办完，他送我出“办公室”，顺便带我参观了一下这座粪场。一边堆着好几垛晒好的粪干，平地上还晒着许多薄饼一样的粪片。

“这都是好粪，不掺假。”

“粪还掺假？”

“掺！”

“掺什么？土？”

“哪能掺土！”

“掺什么？”

“酱渣子。”

“酱渣子？”

“酱渣子，味道、颜色跟大粪一个样，也是酸的。”

“粪是酸的？”

“发了酵。”

我于是猛吸了一口气，品味着货真价实、毫不掺假的粪干的独特的、不能代替的、余韵悠长的酸味。

据老乔告诉我，这位负责同志原来包掏公私粪便，手下用了很多人，是一个小财主。后来成了卫生局的工作人员，成了“公家人”，管理公厕。他现在经营的两个粪场，还是很来钱。这人紫糖脸，阔嘴岔，方下巴，眼睛很亮，虽然没有文化，但是看起来很精干。他虽不大长于说“字儿话”，但是当初在指挥粪工、洽谈生意时，所用语言一定是很清楚畅达，很有力量的。

掏公共厕所，实际上不是掏，而是凿。天这么冷，粪池里的粪都冻得实实的，得用冰镩凿开，破成一二尺见方大小不等的冰块，用铁锹起出来，装在单套车上，运到七里茶坊，堆积在街外的空场上。池底总有些没有冻实的稀粪，就刮出来，倒在事先铺好的干土里，像和泥似的和好。一夜工夫，就冻实了。第二天，运走。隔三四天，所里车得空，就派一辆三套大车把积存的粪冰运回所里。

看车把式装车，真有个看头。那么沉的、滑滑溜溜的冰块，照样装得整整齐齐，严严实实，拿绊绳一煞，纹丝不动。走个百八十里，不兴掉下一块。这才真叫“把式”！

“叭——”的一鞭，三套大车走了。我心里是高兴的。我们给所里做了一点事了。我不说我思想改造得如何好，对粪便产生了多深的感情，但是我知道这东西很贵。我并没有做多少，只是在地面上挖一点干土，和粪。为了照顾我，不让我下池子凿冰。老乔呢，说好了他是来玩的，只是招招架架，跑跑颠颠。活，主要是老刘和小王干的。老刘是个使冰镩的行家，小王有的是力气。

这活脏一点，倒不累，还挺自由。

我们住在骡马大店的东房——正房是掌柜的一家人自己住的。南北相对，各有一铺能睡七八个人的炕——挤一点，十个人也睡下了。快到春节了，没有别的客人，我们四个人占据了靠北的一张炕，很宽绰。老乔岁数大，睡炕头。小王火力壮，把门靠边。我和老刘睡当间。我那位置很好，靠近电灯，可以看书。两铺炕中间，是一口锅灶。

天一亮，年轻的掌柜的就推门进来，点火添水，为我们做饭——推莜面窝窝。我们带来一口袋莜面，顿顿饭吃莜面，而且都是推窝窝。——莜面吃完了，三套大车会又给我们捎来的。小王跳到地下帮掌柜的拉风箱，我们仨就拥着被窝坐着，欣赏他的推窝窝手艺。——这么冷的天，一大清早就让他从内掌柜的热被窝里爬出来为我们做饭，我心里实在有些歉然。不大一会儿，莜面蒸上了，屋里弥漫着白蒙蒙的蒸汽，很暖和，叫人懒洋洋的。可是热腾腾的窝窝已经端到炕上了。刚出屉的莜面，真香！用蒸莜面的水，洗洗脸，我们就蘸着麦麸子做的大酱吃起来。没有油，没有醋，尤其是没有辣椒！可是你得相信我说的是真话：我一辈子很少吃过这么好吃的东西。那是什么时候呀？——一九六〇年！

我们出工比较晚。天太冷。而且得让过人

家上厕所的高潮。八点多了，才赶着单套车到市里去。中午不回来。有时由我掏钱请客，去买一包“高价点心”，找个背风的角落，蹲下来，各人抓了几块嚼一气。老乔、我、小王拿一副老掉了牙的扑克牌接龙、憋七。老刘在呼呼的风声里居然能把脑袋缩在老羊皮袄里睡一觉，还挺香！下午接着干。四点钟装车，五点多就回到七里茶坊了。

一进门，掌柜的已经拉动风箱，往灶火里添着块煤，为我们做晚饭了。

吃了晚饭，各人干各人的事。老乔看他的《啼笑因缘》。他这本《啼笑因缘》是个古本了，封面封底都没有了，书角都打了卷，当中还有不少缺页。可是他还是戴着老花镜津津有味地看，而且老看不完。小王写信，或是躺着想心事。老刘盘着腿一声不响地坐着。他这样一声不响地坐着，能够坐半天。在所里我就见过他到生产队请一天假，哪儿也不去，什么也不干，就是坐着。我发现不止一个人有这个习惯。一年到头的劳累，坐一天是很大的享受，也是他们迫切的需要。人，有时需要休息。他们不叫休息，就叫“坐一天”。他们去请假的理由，也是“我要坐一天”。中国的农民，对于生活的要求真是太小了。我，就靠在被窝上读杜诗。杜诗读完，就压在枕头底下。这铺炕，炕沿的缝隙跑烟，把我的《杜工部集》的一册的封面薰成了褐黄色，留下一个难忘的，美好的纪念。

有时，就有一句没一句，东拉西扯地瞎聊天。吃着柿饼子，喝着蒸锅水，抽着掺了榆树叶子的烟。这烟是农民用包袱包着私卖的，颜色是灰绿的，劲头很不足，抽烟的人叫它“半口烟”。榆树叶子点着了，发出一种焦煳的，然而分明地辨得出是榆树的气味。这种气味使我多少年后还难于忘却。

小王和老刘都是“合同工”，是所里和公社订了合同，招来的。他们都是柴沟堡的人。

老刘是个老长工，老光棍。他在张家口专区几个县都打过长工，年轻时年年到坝上割莜麦。因为打了多年长工，庄稼活他样样精通。他有过老婆，跑了，因为他养不活她。从此他就不再找女人，对女人很有成见，认为女人是个累赘。他就这样背着一卷行李——一块毡子，一床“盖窝”（即被），一个方顶的枕头，到处漂流。看他捆行李的利索劲儿和背行李的姿势，就知道是一个常年出门在外的老长工。他真也是自由自在，也不置什么衣服，有两个钱全喝了。他不大爱说话，但有时也能说一气，在他高兴的时候，或者不高兴的时候。这二年他常发牢骚，原因之一，是喝不到酒。他老是说：“这是咋搞的？咋搞的？”——“过去，七里茶坊，啥都有：驴肉、猪头肉、炖牛蹄子、茶鸡蛋……，卖一黑夜。酒！现在！咋搞的！咋搞的！”——“‘楼上楼下，电灯电话’！做梦娶媳妇，净慕好事！多会儿？”[1]他年轻时曾给八路军送过信，带过路。“俺们那阵，有什么好吃的，都给八路军留着！……”他说的话常常出了圈，老乔就喝住他：“你瞎说点啥！没喝酒，你就醉了！你是想‘进去’住几天是怎么的？嘴上没个把门的，亏你活了这么大！”

小王也有些不平之气。他是念过高小的。他给自己编了一口顺口溜：“高小毕业生，白费六年工。想去当教员，学生管我叫老兄。想去当会计，珠算又不通！”他现在一个月挣二十九块六毛四，要交社里一部分，刨去吃饭，所剩无几。他才二十五岁，对老刘那样的自由自在的生活并不羡慕。

老乔，所里多数人称之为乔师傅。这是个

1　那时农村宣传未来美好生活，都说是“楼上楼下，电灯电话”。慕，是思量、向往的意思。这是很古的语言，元曲中常见。张家口地区保留了很多宋元古语。

走南闯北，见多识广，老于世故的工人。他是怀来人。年轻时在天津学修理汽车。抗日战争时跑到大后方，在资源委员会的运输队当了司机，跑仰光、腊戍。抗战胜利后，他回张家口来开车，经常跑坝上各县。后来岁数大了，五十多了，血压高，不想再跑长途，他和农科所的所长是亲戚，所里新调来一辆拖拉机，他就来开拖拉机，顺便修修农业机械。他工资高，没负担。农科所附近一个小镇上有一家饭馆，他是常客。什么贵菜、新鲜菜，饭馆都给他留着。他血压高，还是爱喝酒。饭馆外面有一棵大槐树，夏天一地浓荫。他到休息日，喝了酒，就睡在树荫里。树荫在东，他睡在东面；树荫在西，他睡到西面，围着大树睡一圈！这是前二年的事了。现在，他也很少喝了。因为那个饭馆的酒提潮湿的时候很少了。他在昆明住过，我也在昆明待过七八年，因此他老愿意找我聊天，抽着榆叶烟在一起怀旧。他是个技工，掏粪不是他的事，但是他自愿报了名。冬天，没什么事，他要来玩两天。来就来吧。

这天，我们收工特别早，下了大雪，好大的雪啊！

这样的天，凡是爱喝酒的都应该喝两盅，可是上哪儿找酒去呢？

吃了莜面，看了一会儿书，坐了一会儿，想了一会儿心事，照例聊天。

像往常一样，总是老乔开头。因为想喝酒，他就谈起云南的酒。市酒、玫瑰重升、开远的杂果酒、杨林肥酒……

“肥酒？酒还有肥瘦？”老刘问。

“蒸酒的时候，上面吊着一大块肥肉，肥油一滴一滴地滴在酒里。这酒是碧绿的。”

“像你们怀来的青梅煮酒？”

“不像。那是烧酒，不是甜酒。”

过了一会儿，又说：“有点像……”

接着，又谈起昆明的吃食。这老乔的记性

真好，他可以从华山南路、正义路，一直到金碧路，数出一家一家大小饭馆，又岔到护国路和甬道街，哪一家有什么名菜，说得非常详细。他说到金钱片腿、牛干巴、锅贴乌鱼、过桥米线……

“一碗鸡汤，上面一层油，看起来连热气都没有，可是超过一百度。一盘子鸡片、腰片、肉片，都是生的。往鸡汤里一推，就熟了。”

“那就能熟了？”

“熟了！”

他又谈起汽锅鸡。描写了汽锅是什么样子，锅里不放水，全凭蒸气把鸡蒸熟了，这鸡怎么嫩，汤怎么鲜……

老刘很注意地听着，可是怎么也想象不出这汽锅是啥样子，这道菜是啥滋味。

后来他又谈到昆明的菌子：牛肝菌、青头菌、鸡坳[1]，把鸡坳夸赞了又夸赞。

---

1 鸡坳是一种菌，长在白蚁窝上，味极腴美。

“鸡纵？有咱这儿的口蘑好吃吗？”

“各是各的味儿。”

…………

老乔白话的时候，小王一直似听不听，躺着，张眼看着房顶。忽然，他问我：

“老汪，你一个月挣多少钱？”

我下放的时候，曾经有人劝告过我，最好不要告诉农民自己的工资数目，但是我跟小王认识不止一天了，我不想骗他，便老实说了。小王没有说话，还是张眼躺着。过了好一会儿，他看着房顶说：

“你也是一个人，我也是一个人，为什么你就挣那么多？”

他并没有要我回答，这问题也不好回答。

沉默了一会儿。

老刘说：“怨你爹没供你书[1]。人家老汪

1 “供书”是拿钱供学生读书的意思。

是大学毕业！”

老乔是个人情练达的人，他捉摸出小王为什么这两天老是发呆，为什么会提出这样的问题，说：

“小王,你收到一封什么信,拿出来我看看!”

前天三套大车来拉粪冰的时候，给小王捎来一封寄到所里的信。

事情原来是这样的：小王搞了一个对象。这对象搞得稍微有点离奇：小王有个表姐，嫁到邻村李家。李家有个姑娘，和小王年貌相当，也是高小毕业。这表姐就想给小姑子和表弟撮合撮合，写信来让小王寄张照片去。照片寄到了，李家姑娘看了，不满意。恰好李家姑娘的一个同学陈家姑娘来串门，她看了照片，对小王的表姐说：“哓得人家要俺们不要？”表姐跟陈家姑娘要了一张照片，寄给小王，小王满意。后来表姐带了陈家姑娘到农科所来，两人当面相了一相，事情就算定了。农村的婚姻，往往就是这样简单，不像城里人有逛公园、轧马路、看电影、写情书这一套。

陈家姑娘的照片我们都见过，挺好看的，大眼睛，两条大辫子。

小王收到的信是表姐寄来的，催他办事。说人家姑娘一天一天大了，等不起。那意思是说，过了春节，再拖下去，恐怕就要吹。

小王发愁的是：春节他还办不成事！柴沟堡一带办喜事倒不尚铺张，但是一床里面三新的盖窝，一套花直贡呢的棉衣，一身灯芯绒裤袄、绒衣绒裤、皮鞋、球鞋、尼龙袜子……总是要有的。陈家姑娘没有额外提什么要求，只希望要一支金星牌钢笔。这条件提得不俗，小王倒因此很喜欢。小王已经做了长期的储备，可是算来算去还差五六十块钱。

老乔看完信，说：

“就这个事吗？值得把你愁得直眉瞪眼的！叫老汪给你拿二十，我给你拿二十！”

老刘说："我给你拿上十块！现在就给！"说着从红布肚兜里就摸出一张十元的新票子。

问题解决了，小王高兴了，活泼起来了。

于是接着瞎聊。

从云南的鸡坳聊到内蒙古的口蘑。说到口蘑，老刘可是个专家。黑片蘑、白蘑、鸡腿子、青腿子……

"过了正蓝旗，捡口蘑都是赶了个驴车去。一天能捡一车！"

不知怎么又说到独石口。老刘说他走过的地方没有比独石口再冷的了，那是个风窝。

"独石口我住过，冷！"老乔说，"那年我们在独石口吃了一洞子羊。"

"一洞子羊？"小王很有兴趣了。

"风太大了，公路边有一个涵洞，去避一会儿风吧。一看，涵洞里白糊糊的，都是羊。不知道是谁的羊，大概是被风赶到这里的，挤在涵洞里，全冻死了。这倒好，这是个天然冷藏库！俺们想吃，就进去拖一只，吃了整整一个冬天！”

老刘说：“肥羊肉炖口蘑，那叫香！四家子的莜面，比白面还白。坝上是个好地方。”

话题转到了坝上。老乔、老刘轮流说，我和小王听着。

老乔说：坝上地广人稀，只要收一季莜麦，吃不完。过去山东人到口外打把式卖艺，不收钱。散了场子，拿一个大海碗挨家要莜面，“给！”一给就是一海碗。说坝上没果子。怀来人赶一个小驴车，装一车山里红到坝上，下来时驴车换成了三套大马车，车上满满地装的是莜面。坝上人都豪爽，大方。吃起肉来不是论斤，而是放开肚子吃饱。他说坝上人看见坝下人吃肉，一小碗，都奇怪：“这吃个什么劲儿呢？”他说，他们要是看见江苏人、广东人炒菜：几根油菜，两三片肉，就更会奇怪了。他还说坝上女人长得很好看。他说，都说水多的地方女人好看，坝上没水，为什么女人都长得白白净净？那么大的风沙，皮色都很好。他说他在崇礼县看过两姐妹，长得像傅全香。

傅全香是谁，老刘、小王可都不知道。

老刘说：坝上地大，风大，雪大，雹子也大。他说有一年沽源下了一场大雪，西门外的雪跟城墙一般高。也是沽源，有一年下了一场雹子，有一个雹子有马大。

“有马大？那掉在头上不砸死了？”小王不相信有这样大的雹子！

老刘还说，坝上人养鸡，没鸡窝。白天开了门，把鸡放出去。鸡到处吃草籽，到处下蛋。他们也不每天去捡。隔十天半月，挑了一副筐，到处捡蛋，捡满了算。他说坝上的山都是一个一个馒头样的平平的山包。山上没石头。有些山很奇怪，只长一样东西。有一个山叫韭菜山，一山都是韭菜；还有一座芍药山，夏天开了满满一山的芍药花……

老乔、老刘把坝上说得那样好，使小王和

我都觉得这是个奇妙的、美丽的天地。

芍药山，满山开了芍药花，这是一种什么景象？

“咱们到韭菜山上掐两把韭菜，拿盐腌腌，明天蘸莜面吃吧。”小王说。

“见你的鬼！这会会有韭菜？满山大雪！——把钱收好了！”

聊天虽然有趣，终有意兴阑珊的时候。天已经很黑了，房顶上的雪一定已经堆了四五寸厚了，摊开被窝，我们该睡了。

正在这时，屋门开处，掌柜的领进三个人来。这三个人都反穿着白茬老羊皮袄，齐膝的毡疙瘩。为头是一个大高个儿，五十来岁，长方脸，戴一顶火红的狐皮帽。一个四十来岁，是个矮胖子，脸上有几颗很大的痘疤，戴一顶狗皮帽子。另一个是和小王岁数仿佛的后生，雪白的山羊头的帽子遮齐了眼睛，使他看起来像一个女孩子。——他脸色红润，眼睛太好看了！他们手里都拿着一根六道木二尺多长的短棍。虽然刚才在门外已经拍打了半天，帽子上、身上，还粘着不少雪花。

掌柜的说：“给你们做饭？——带着面了吗？”

“带着哩。”

后生解开老羊皮袄，取出一个面口袋。——他把面口袋系在腰带上，怪不道他看起来身上鼓鼓囊囊的。

“推窝窝？”

高个儿把面口袋交给掌柜的：

“不吃莜面！一天吃莜面。你给俺们到老乡家换几个粑粑头吃[1]。多时不吃粑粑头，想吃个粑粑头。把火弄得旺旺的，烧点水，俺们喝一口。——没酒？”

“没。”

1 他们说“粑粑头”，“粑粑”作入声。

“没咸菜？”

“没。”

“那就甜吃！”[1]

老刘小声跟我说：“是坝上来的。坝上人管窝窝头叫粑粑头。是赶牲口的——赶牛的。你看他们拿的六道木的棍子。”随即，他和这三个坝上人搭嘞起来：

“今天一早从张北动的身？”

“是。——这天气！”

“就你们仨？”

“还有仨。”

“那仨呢？”

“在十多里外，两头牛掉进雪窟窿里了。他们仨在往上弄。俺们把其余的牛先送到食品公司屠宰场，到店里等他们。”

“这样天气，你们还往下送牛？”

---

1 张家口一带不说“淡”，说“甜”。

“没法子。快过年了。过年，怎么也得叫坝下人吃上一口肉！”

不大一会儿，掌柜的搞了粑粑头来了，还弄了几个腌蔓菁来。他们把粑粑头放在火里烧了一会儿，水开了，把烧焦的粑粑头拍打拍打，就吃喝起来。

我们的酱碗里还有一点酱，老乔就给他们送过去。

“你们那里今年年景咋样？”

“好！”高个儿回答得斩钉截铁。显然这是反话，因为痘疤脸和后生都扑哧一声笑了。

“不是说去年你们已经过了‘黄河’了？”

“过了！那还不过！”

老乔知道他话里有话，就问：

“也是假的？”

“不假。搞了‘标准田’。”

“啥叫‘标准田’？”

“把几块地里打的粮算在一起。”

“其余的地？”

“不算产量。”

“坝上过‘黄河’？不用什么‘科学家’，我就知道，不行！”老刘用了一个很不文雅的字眼说：“过‘黄河’，过毬的个河吧！”

老乔向我解释：“老刘说的是对的。坝上的土层只有五寸，下面全是石头。坝上一向是广种薄收，要求单位面积产量，是主观主义。”

痘疤脸说：“就是！俺们和公社的书记说，这产量是虚的。但人家说：有了虚的，就会带来实的。”

后生说：“还说这是：以虚带实。”

我还从来没有听说过“以虚带实”是这样的解释的。

高个儿沉重地叹了一口气：“这年月！当官的都说谎！”

老刘接口说：“当官的说谎，老百姓遭罪！”

老乔把烟口袋递给他们：

"牲畜不错？"

"不错！也经不起胡糟践。头二年，大跃进，大炼钢铁，夜战，把牛牵到地里，杀了，在地头架起了大锅，大块大块地煮烂，大伙儿，吃！那会儿吃了个痛快；这会儿，想去吧！——他们仨咋还不来？去看看。"

高个儿说着把解开的老羊皮袄又系紧了。

痘疤脸说："我们俩去。你啦[1]就甭去了。"

"去！"

他们和掌柜的借了两根木杠，把我们车上的缆绳也借去了，拉开门，就走了。

听见后生在门外大声说："雪更大了！"

老刘起来解手，把地下三根六道木的棍子归在一起，上了炕，说：

"他们真辛苦！"

1　"你啦"是第二人称的尊称，相当于北京话的"您"，大概是"你老人家"的切音。

过了一会儿，又自言自语地说：

“咱们也很辛苦。”

老乔一面钻被窝，一面说：

“中国人都很辛苦啊！”

小王已经睡着了。

“过年，怎么也得叫坝下人吃上一口肉！”我老是想着大个儿的这句话，心里很感动，很久未能入睡。这是一句朴素、美丽的话。

半夜，朦朦胧胧地听到几个人轻手轻脚走进来，我睁开眼，问：

“牛弄上来了？”

高个儿轻轻地说：

“弄上来了。把你吵醒了！睡吧！”

他们睡在对面的炕上。

第二天，我们起得很晚。醒来时，这六个赶牛的坝上人已经走了。

一九八一年五月十一日写成

鸡毛

西南联大有一个文嫂。

她不是西南联大的人。她不属于教职员工，更不是学生。西南联大的各种名册上都没有“文嫂”这个名字。她只是在西南联大里住着，是一个住在联大里的校外的人。然而她又的的确确是“西南联大”的一个组成部分。她住在西南联大的新校舍。

西南联大有许多部分：新校舍、昆中南院、昆中北院、昆华师范、工学院……其他部分都是借用的原有的房屋，新校舍是新建的，也是联大的主要部分。图书馆、大部分教室、各系的办公室、男生宿舍……都在新校舍。

新校舍在昆明大西门外，原是一片荒地。有很多坟，几户零零落落的人家。坟多无主。有的坟主大概已经绝了后，不难处理。有一个很大的坟头，一直还留着，四面环水，如一小岛，春夏之交，开满了野玫瑰，香气袭人，成了一处风景。其余的，都平了。坟前的墓碑，有的相当高大，都搭在几条水沟上，成了小桥。碑上显考显妣的姓名分明可见，全都平躺着了。每天有许多名师大儒、莘莘学子从上面走过。住户呢，由学校出几个钱，都搬迁了。文嫂也是这里的住户。她不搬。说什么也不搬。她说她在这里住惯了。联大的当局是很讲人道主义的，人家不愿搬，不能逼人家走。可是她这两间破破烂烂的草屋，不当不间地戳在那里，实在也不成个样子。新校舍建筑虽然极其简陋，但是是经过土木工程系的名教授设计过的，房屋安排疏密有致，空间利用十分合理。那怎么办呢？主其事者跟文嫂商量，把她两间草房拆了，另外给她盖一间，质料比她原来的要好一些。她同意了，只要求再给她盖一个鸡窝。那好办。

她这间小屋，土墙草顶，有两个窗户（没有窗扇，只有一个窗洞，有几根直立着的带皮的树棍），一扇板门。紧靠西面围墙，离二十五号宿舍不远。

宿舍旁边住着这样一户人家，学生们倒也没有人觉得奇怪。学生叫她文嫂。她管这些学生叫“先生”。时间长了，也能分得出张先生、李先生、金先生、朱先生……但是，相处这些年了，竟没有一个先生知道文嫂的身世，只知道她是一个寡妇，有一个女儿。人很老实。虽然没有知识，但是洁身自好，不贪小便宜。除非你给她，她从不伸手要东西。学生丢了牙膏肥皂、小东小西，从来不会怀疑是她顺手牵羊拿了去。学生洗了衬衫，晾在外面，被风吹跑了，她必为捡了，等学生回来时交出：

“金先生，你的衣服。”除了下雨，她一天都是在屋外待着。她的屋门也都是敞开着的。她的所作所为，都在天日之下，人人可以看到。

她靠给学生洗衣服、拆被窝维持生活。每天大盆大盆地洗。她在门前的两棵半大榆树之间拴了两根棕绳，拧成了麻花。洗得的衣服，夹紧在两绳之间。风把这些衣服吹得来回摆动，霍霍作响。大太阳的天气，常常看见她坐在草地上（昆明的草多丰茸齐整而极干净）做被窝，一针一针，专心致意。衣服被窝洗好做得了，为了避免嫌疑，她从不送到学生宿舍里去，只是叫女儿隔着窗户喊：“张先生，来取衣服。”——“李先生，取被窝。”

她的女儿能帮上忙了，能到井边去提水，踮着脚往绳子上晾衣服，在床上把衣服摩挲平整了，叠起来。

文嫂养了二十来只鸡（也许她原是靠喂鸡过日子的）。联大到处是青草，草里有昆虫蚱蜢种种活食，这些鸡都长得极肥大，很肯下蛋。隔多半个月，文嫂就挎了半篮鸡蛋，领着女儿，上市去卖。蛋大，也红润好看，卖得很快。回来时，带了盐巴、辣子，有时还用马兰草提着一块够一个猫吃的肉。

每天一早，文嫂打开鸡窝门，这些鸡就急急忙忙、迫不及待地奔出来，散到草丛中去，不停地啄食。有时又抬起头来，把一个小脑袋很有节奏地转来转去，顾盼自若——鸡转头不是一下子转过来，都是一顿一顿地那么转动。到觉得肚子里那个蛋快要坠下时，就赶紧跑回来，红着脸把一个蛋下在鸡窝里。随即得意非凡地高唱起来："郭格答！郭格答！"文嫂或她的女儿伸手到鸡窝里取出一颗热烘烘的蛋，顺手赏了母鸡一块土坷垃："去去去！先生要用功，莫吵！"这鸡婆子就只好咕咕地叫着，很不平地走到草丛里去了。到了傍晚，文嫂抓了一把碎米，一面撒着，一面"啯啯，啯啯"

叫着，这些母鸡就都即即足足地回来了。它们把碎米啄尽，就鱼贯进入鸡窝。进窝时还故意把脑袋低一低，把尾巴向下耷拉一下，以示雍容文雅，很有鸡教。鸡窝门有一道小坎，这些鸡还都一定两脚并齐，站在门槛上，然后向前一跳。这种礼节，其实大可不必。进窝以后，咕咕囔囔一会儿，就寂然了。于是夜色就降临抗战时期最高学府之一，国立西南联合大学的新校舍了。阿门。

文嫂虽然生活在大学的环境里，但是大学是什么，这有什么用，为什么要办它，这些，她可一点都不知道。只知道有许多“先生”，还有许多小姐，或按昆明当时的说法，有很多“摩登”，来来去去；或在一个洋铁皮房顶的屋子（她知道那叫“教室”）里，坐在木椅子上，呆呆地听一个“老倌”讲话。这些“老倌”讲话的神气有点像耶稣堂卖福音书的教士（她见过这种教士）。但是她隐隐约约地知道，先生们将来都是要做大事，赚大钱的。

先生们现在可没有赚大钱，做大事，而且越来越穷，找文嫂洗衣服、做被子的越来越少了。大部分先生非到万不得已，不拆被子。一年也不定拆洗一回。有的先生虽然看起来衣冠齐楚，西服皮鞋，但是皮鞋底下有洞。有一位先生还为此制了一则谜语："天不知地知，你不知我知。"他们的袜子没有后跟，穿的时候就把袜尖往前拽拽，窝在脚心里，这样后跟的破洞就露不出来了。他们的衬衫穿脏了，脱下来换一件。过两天新换的又脏了，看看还是原先脱下的一件干净些，于是又换回来。有时要去参加Party，没有一件洁白的衬衫，灵机一动：有了！把衬衫反过来穿！打一条领带，把纽扣遮住，这样就看不出反正了。就这样，还很优美地跳着《蓝色的多瑙河》。有一些，就完全不修边幅，衣衫褴褛，囚首垢面，跟一个叫花子差不多了。他们的裤子破了，就用一根麻绳把破处系紧。文嫂看到这些先生，常常跟女儿说："可怜！"

来找文嫂洗衣的少了，她还有鸡，而且她的女儿已经大了。

女儿经人介绍，嫁了一个司机。这司机是下江人，除了他学着说云南话："为哪样""咋个整"，其余的话，她听不懂。但她觉得这女婿人很好。他来看过老丈母，穿了麂皮夹克、大皮鞋，头上抹了发蜡。女儿按月给妈送钱。女婿跑仰光、腊戌，也跑贵州、重庆。每趟回来，还给文嫂带点曲靖韭菜花、贵州盐酸菜，甚至宣威火腿。有一次还带了一盒遵义板桥的化风丹，她不知道这有什么用。他还带来一些奇形怪状的果子。有一种果子，香得她的头都疼。下江人女婿答应养她一辈子。

文嫂胖了。

男生宿舍全都一样，是一个窄长的大屋

子，土墼墙，房顶铺着木板，木板都没有刨过，留着锯齿的痕迹，上盖稻草；两面的墙上开着一列像文嫂的窗洞一样的窗洞。每间宿舍里摆着二十张双层木床。这些床很笨重结实，一个大学生可以在上面放放心心地睡四年，一直睡到毕业，无须修理。床本来都是规规矩矩地靠墙排列着的，一边十张。可是这些大学生需要自己的单独的环境，于是把它们重新调动了一下，有的两张床摆成一个曲尺形，有的三张床摆成一个凹字形，就成了一个一个小天地。按规定，每一间住四十人，实际都住不满。有人占了一个铺位，或由别人替他占了一个铺位而根本不来住；也有不是铺主却长期睡在这张铺上的；有根本不是联大学生，却在新校舍住了好几年的。这些曲尺形或凹字形的单元里，大都只有两三个人。个别的，只有一个。一间宿舍住的学生，各系的都有。有一些互相熟悉，白天一同进出，晚上联床夜话；也有些老死不相往来，连贵姓都不打听。二十五号南头一张双层床上住着一个历史系学生，一个中文系学生，一个上铺，一个下铺，两个人合住了一年，彼此连面都没有见过：因为这二位的作息时间完全不同。中文系学生是个夜猫子，每晚在系图书馆夜读，天亮才回来；而历史系学生却是个早起早睡的正常的人。因此，上铺的铺主睡觉时，下铺是空的；下铺在酣睡时，上铺没有人。

联大的人都有点怪。“正常”在联大不是一个褒词。一个人很正常，就会被其余的怪人认为“很怪”。即以二十五号宿舍而论，如果把这些先生的事情写下来，将会是一部很长的小说。如今且说一个人。

此人姓金，名昌焕，是经济系的。他独占北边的一个凹字形的单元。他不欢迎别人来住，别人也不想和他搭伙。他不知从哪里弄来一些木板，把双层床的一边都钉了木板，就成了一间屋中之屋，成了他的一统天下。凹字形的当中，摞着几个装肥皂的木箱——昆明这种木箱很多，到处有得卖，这就是他的书桌。他是相当正常的。一二年级时，按时听讲，从不缺课。联大的学生大都很狂，讥弹时事，品藻人物，语带酸咸，辞锋很锐。金先生全不这样。他不发狂论。事实上他很少跟人说话。其特异处有以下几点：一是他所有的东西都挂着，二是从不买纸，三是每天吃一块肉。他在他的床上拉了几根铁丝，什么都挂在这些铁丝上，领带、袜子、针线包、墨水瓶……他每天就睡在这些叮叮当当的东西的下面。学生离不开纸。怎么穷的学生，也得买一点纸。联大的学生时兴用一种灰绿色布质的夹子，里面夹着一叠白片艳纸，用来记笔记，做习题。金先生从不花这个钱。为什么要花钱买呢？纸有的是！联大大门两侧墙上贴了许多壁报，学术演讲的通告，寻找失物、出让衣鞋的启事，形形色色，琳琅满目。这些启事、告白总不是顶天立地满满写着字，总有一些空白的地方。金先生每天晚上就带了一把剪刀，把这些空白的地方剪下来。他还把这些纸片，按大小、纸质、颜色，分门别类，裁剪整齐，留作不同用处。他大概是相当笨的，因此每晚都开夜车。开夜车伤神，需要补一补。他按期买了猪肉，切成大小相等的方块，借了文嫂的鼎罐（他借用了鼎罐，都是洗都不洗就还给人家了），在学校茶水炉上炖熟了，密封在一个有盖的瓷坛里。每夜用完了功，就打开坛盖，用一只一头削尖了的筷子，瞅准了，扎出一块，闭目而食之。然后，躺在丁丁当当的什物之下，酣然睡去。

这样过了三年。到了四年级，他在聚兴诚银行里兼了职，当会计。其时他已经学了簿记、普通会计、成本会计、银行会计、统计……这些学问当一个银行职员，已是足用的了。至于经济思想史、经济地理……这些空空洞洞的课程，他觉得没有什么用处，只要能混上学分就行，不必苦苦攻读，可以缺课。他上午还在学校听课，下午上班。晚上仍是开夜车，搜罗纸片，吃肉。自从当了会计，他添了两样毛病。一是每天提了一把黑布阳伞进出，无论冬夏，天天如此。二是穿两件衬衫，打两条领带。穿好了衬衫，打好领带；又加一件衬衫，再打一条领带。这是干什么呢？若说是显示他有不止一件衬衫、一条领带吧，里面的衬衫和领带别人又看不见；再说这鼓鼓囊囊的，舒服吗？真是令人百思不得其解。因此，同屋的那位中文系夜游神送给他一个外号，这外号很长："二十年目睹之怪现状"。

金先生很快就要毕业了。毕业以前，他想到要做两件事。一件是加入国民党，这已经着手办了；一件是追求一个女同学，这可难。他在学校里进进出出，一向像马二先生逛西湖：他不看女人，女人也不看他。

谁知天缘凑巧，金昌焕先生竟有了一段风流韵事。一天，他正提着阳伞到聚兴诚去上班，前面走着两个女同学，她们交头接耳地谈着话。一个告诉另一个：这人穿两件衬衫，打两条领带，而且介绍他有一个很长的外号：“二十年目睹之怪现状”。听话的那个不禁回头看了金昌焕一眼，嫣然一笑。金昌焕误会了：谁知一段姻缘却落在这里。当晚，他给这女同学写了一封情书。开头写道：“××女士芳鉴，迳启者……”接着说了很多仰慕的话，最后直截了当地提出：“倘蒙慧眼垂青，允订白首之约，不胜荣幸之至。随函附赠金戒指一枚，务祈笑纳为荷。”在“金戒指”三字的旁边还加了一个括弧，括弧里注明：“重一钱五”。这封情书把金先生累得够呛，到他套起钢笔，吃下一块肉时，文嫂的鸡都已经即即足足地发出声音了。

这封情书是当面递交的。

这位女同学很对得起金昌焕。她把这封信公布在校长办公室外面的布告栏里，把这枚金戒指也用一枚大头针钉在布告栏的墨绿色的绒布上。于是金昌焕一下子出了大名了。

金昌焕倒不在乎。他当着很多人，把信和戒指都取下来，收回了。

你们爱谈论，谈论去吧！爱当笑话说，说去吧！于金昌焕何有哉！金昌焕已经在重庆找好了事，过两天就要离开西南联大，上任去了。

文嫂丢了三只鸡，一只笋壳鸡，一只黑母鸡，一只芦花鸡。这三只鸡不是一次丢的，而是隔一个多星期丢一只。不知怎么丢的。早上开鸡窝放鸡时还在，晚上回窝时就少了。文嫂到处找，也找不着。她又不能像王婆骂鸡那样坐在门口骂——她知道这种泼辣做法在一个大学里很不合适，只是一个人叨叨：“我吩

（的）鸡呢？我叨鸡呢？……”

文嫂的女儿回来了。文嫂吓了一跳：女儿戴得一头重孝。她明白出了大事了。她的女婿从重庆回来，车过贵州的十八盘，翻到山沟里了。女婿的同事带了信来。母女俩顾不上抱头痛哭，女儿还得赶紧搭便车到十八盘去收尸。

女儿走了，文嫂失魂落魄，有点傻了。但是她还得活下去，还得过日子，还得吃饭，还得每天把鸡放出去，关鸡窝。还得洗衣服，做被子。有很多先生都毕业了，要离开昆明，临走总得干净干净，来找文嫂洗衣服、拆被子的多了。

这几天文嫂常上先生们的宿舍里去。有的先生要走了，行李收拾好了，总还有一些带不了的破旧衣物，一件渔网似的毛衣，一个压扁了的脸盆，几只配不成对的皮鞋——那有洞的鞋底至少掌鞋还有用……这些先生就把文嫂叫了来，随她自己去挑拣。挑完了，文嫂必让先生看一看，然后就替他们把曲尺形或凹字形的单元打扫一下。

因为洗衣服、捡破烂，文嫂还能岔乎岔乎，心里不致太乱。不过她明显地瘦了。

金昌焕不声不响地走了。二十五号的朱先生叫文嫂也来看看，这位“怪现状”是不是也留下一些还值得一拣的东西。

什么都没有。金先生把一根布丝都带走了。他的凹形王国里空空如也，只留下一个跟文嫂借用的鼎罐。文嫂毫无所得，然而她也照样替金先生打扫了一下。她的笤帚扫到床下，失声惊叫了起来：床底下有三堆鸡毛，一堆笋壳色的，一堆黑的，一堆芦花的！

文嫂把三堆鸡毛抱出来，一屁股坐在地下，大哭起来。

“啊呀天呐，这是我吖鸡呀！我吖笋壳鸡呀！我吖黑母鸡，我吖芦花鸡呀！……”

“我寡妇失业几十年哪，你咋个要偷我吖

鸡呀！……”

“我风里来雨里去呀，我的命多苦，多艰难呀，你咋个要偷我屷鸡呀！……”

“你先生是要做大事，赚大钱的呀，你咋个要偷我屷鸡呀！……”

“我屷女婿死在贵州十八盘，连尸都还没有收呀，你咋个要偷我屷鸡呀！……”

她哭得很伤心，很悲痛。

她好像要把一辈子所受的委屈、不幸、孤单和无告全都哭了出来。

这金昌焕真是缺德，偷了文嫂的鸡，还借了文嫂的鼎罐来炖了。至于他怎么偷的鸡，怎样宰了，怎样煺的鸡毛，谁都无从想象。

林子大了，什么鸟都有。

一九八一年六月六日

安乐居

安乐居是一家小饭馆，挨着安乐林。

安乐林围墙上开了个月亮门，门头砖额上刻着三个经石峪体的大字，像那么回事。走进去，只有巴掌大的一块地方，有几十棵杨树。当中种了两棵丁香花，一棵白丁香，一棵紫丁香，这就是仅有的观赏植物了。这个林是没有什么逛头的，在林子里走一圈，五分钟就够了。附近一带养鸟的爱到这里来挂鸟。他们养的都是小鸟，红子居多，也有黄雀。大个的鸟，画眉、百灵是极少的。他们不像那些以养鸟为生活中第一大事的行家，照他们的说法是“瞎玩儿”。他们不养大鸟，觉得那太费事，

“是它玩我，还是我玩它呀？”把鸟一挂，他们就蹲在地下说话儿——也有自己带个马扎儿来坐着的。

这么一片小树林子，名声却不小，附近几条胡同都是依此命名的。安乐林头条、安乐林二条……这个小饭馆叫作安乐居，挺合适。

安乐居不卖米饭炒菜。主食是包子、花卷。每天卖得不少，一半是附近的居民买回去的。这家饭馆其实叫个小酒铺更合适些。到这儿来的喝酒比吃饭的多。这家的酒只有一毛三分一两的。北京人喝酒，大致可以分为几个层次：喝一毛三的是一个层次，喝二锅头的是一个层次，喝红粮大曲、华灯大曲乃至衡水老白干的是一个层次，喝八大名酒是高层次，喝茅台的是最高层次。安乐居的“酒座”大都是属于一毛三层次，即最低层次的。他们有时也喝二锅头，但对二锅头颇有意见，觉得还不如一毛三的。一毛三，他们喝“服”了，觉得喝起来“顺”。他们有人甚至觉得大曲的味道不能容忍。安乐居天热的时候也卖散啤酒。

酒菜不少。煮花生豆、炸花生豆。暴腌鸡子。拌粉皮。猪头肉——单要耳朵也成，都是熟人了！猪蹄，偶有猪尾巴，一忽的工夫就卖完了。也有时卖烧鸡、酱鸭，切块。最受欢迎的是兔头。一个酱兔头，三四毛钱，至大也就是五毛多钱，喝二两酒，够了。——这还是一年多以前的事，现在如果还有兔头，也该涨价了。这些酒客吃兔头是有一定章法的，先掰哪儿，后掰哪儿，最后磕开脑绷骨，把兔脑掏出来吃掉。没有抓起来乱啃的。吃得非常干净，连一丝肉都不剩。安乐居每年卖出的兔头真不老少。这个小饭馆大可另挂一块招牌：“兔头酒家”。

酒客进门，都有准时候。

头一个进来的总是老吕。安乐居十点半开门。一开门，老吕就进来。他总是坐在靠窗户一张桌子的东头的座位。一年三百六十五天，天天如此。这成了他的专座。他不是像一般人似的“垂足而坐”，而是一条腿盘着，一条腿曲着，像老太太坐炕似的踞坐在一张方凳上——脱了鞋。他不喝安乐居的一毛三，总是自己带了酒来，用一个扁长的瓶子，一瓶子装三两。酒杯也是自备的。他是喝慢酒的，三两酒从十点半一直喝到十二点差一刻：“我喝不来急酒。有人结婚，他们闹酒，我就一口也不喝——回家自己再喝！”一边喝酒，吃兔头，一边不住地抽关东烟。他的烟袋如果丢了，有人捡到，一定会送还给他的。谁都认得：这是老吕的。白铜锅儿，白铜嘴儿，紫铜杆儿。他抽烟也抽得慢条斯理的，从不大口猛吸。这人整个儿是个慢性子。说话也慢。他也爱说话，但是他说一个什么事都只是客观地叙述，不大参加自己的意见，不动感情。一块喝酒的买了兔头，常要发一点感慨：“那会儿，兔头，五分钱一个，还带俩耳朵！”老吕说：“那是多会儿？——说那个，没用！有兔头，就不错。”西头有一家姓屠的，一家子都很浑愣，爱打架。屠老头儿到永春饭馆去喝酒，和服务员吵起来了，伸手就揪人家脖领子。服务员一胳臂把他搡开了。他憋了一肚子气。回去跟儿子一说。他儿子二话没说，捡了块砖头，到了永春，一砖头就把服务员脑袋开了！结果：儿子抓进去了，屠老头儿还得负责人家的医药费。这件事老吕亲眼目睹。一块喝酒的问起，他详详细细叙述了全过程。坐在他对面的老聂听了，说：

“该！”

坐在里面犄角的老王说：

“这是什么买卖！”

老吕只是很平静地说：“这回大概得老实两天。”

老吕在小红门一家木材厂下夜看门。每天

骑车去，路上得走四十分钟。他想往近处挪挪，没有合适的地方，他说：“算了！远就远点吧。”

他在木材厂喂了一条狗。他每天来喝酒，都带了一个塑料口袋，安乐居的顾客有吃剩的包子皮、碎骨头，他都捡起来，给狗带去。

头几天，有人要给他说一个后老伴——他原先的老伴死了有二年多了。这事他的酒友都知道，知道他已经考虑了几天了，问起他：“成了吗？”老吕说：“——不说了。”他说的时候神情很轻松，好像解决了一个什么难题。他的酒友也替他感到轻松。他们几乎异口同声地说：

“不说了？——不说了好！添乱！”

老吕于是慢慢地喝酒，慢慢地抽烟。

比老吕稍晚进店的是老聂。老聂总是坐在老吕的对面。老聂有个小毛病，说话爱眨巴眼。凡是说话爱眨眼的人，脾气都比较急。他喝酒也快，不像老吕一口一口地抿。老聂每次喝一两半酒，多一口也不喝。有人强往他酒碗里倒一点，他拿起酒碗就倒在地下。他来了，搁下一个小提包，转身骑车就去“奔”酒菜去了。他“奔”来的酒菜大都是羊肝、沙肝。这是为他的猫“奔”的——他当然也吃点。他喂着一只小猫。“这猫可仁义！我一回去，它就在你身上蹭——蹭！”他爱吃豆制品。熏干、鸡腿、麻辣丝……小葱下来的时候，他常常用铝饭盒装来一些小葱拌豆腐。有一回他装来整整两饭盒腌香椿。“来吧！”他招呼全店酒友。“你哪来这么多香椿？——这得不少钱！”——“没花钱！乡下的亲家带来的。我们家没人爱吃。”于是酒友们一人抓了一撮。剩下的，他都给了老吕。“吃完了，给我把饭盒带来！”一口把余酒喝净，退了杯，“回见！”出门上车，吱溜——没影儿了。

老聂原是做小买卖的。他在天津三不管卖

过相当长时期炒肝。现在退休在家。电话局看中他家所在的“点”，想在他家安公用电话。他嫌钱少，麻烦。挨着他家的汽水厂工会愿意每月贴给他三十块钱，把厂里职工的电话包了。他还在犹豫。酒友们给他参谋：“行了！电话局每月给钱，汽水厂三十，加上传电话、送电话，不少！坐在家里拿钱，哪儿找这么好的事去！”他一想：也是！

老聂的日子比过去“滋润”了，但他每顿还是只喝一两半酒，多一口也不喝。

画家来了。画家风度翩翩，梳着长长的背发，永远一丝不乱。衣着入时而且合体。春秋天人造革猎服，冬天羽绒服。——他从来不戴帽子。这样的一表人才，安乐居少见。他在文化馆工作，算个知识分子，但对人很客气，彬彬有礼。他这喝酒真是别具一格：二两酒，一扬脖子，一口气，下去了。这种喝法，叫作“大车酒”，过去赶大车的这么喝。西直门外还管这叫“骆驼酒”，赶骆驼的这么喝。文墨人，这样喝法的，少有。他和老王过去是街坊。喝了酒，总要走过去说几句话。“我给您添点儿？”老王摆摆手，画家直起身来，向在座的酒友又都点了点头，走了。

我问过老王和老聂：“他的画怎么样？”

“没见过。”

上海老头儿来了。上海老头儿久住北京，但是口音未变。他的话很特别，在地道的上海话里往往掺杂一些北京语汇：“没门儿！”“敢情！”甚至用一些北京的歇后语：“那末好！武大郎盘杠子——上下够不着！”他把这些北京语汇、歇后语一律上海话化了，北京字眼，上海语音，挺绝。上海老头儿家里挺不错，但是他爱在外面逛，在小酒馆喝酒。

“外面吃酒——香！”

他从提包里摸出一个小饭盒，里面有一双截短了的筷子、多半块熏鱼、几只油爆虾、两块豆腐干。要了一两酒，用手纸擦擦筷子，吸了一口酒。

“您大概又是在别处已经喝了吧？”

“啊！我们吃酒格人，好比天上飞格一只鸟（读如‘屌’），格小酒馆，好比地上一棵树。鸟飞在天上，看到树，总要落一落格。”

如此妙喻，我未之前闻，真是长了见识！

这只鸟喝完酒，收好筷子，盖好小饭盒，拎起提包，要飞了：

“晏歇会！——明儿见！”

他走了，老王问我：“他说什么？喝酒的都是屌？”

安乐居喝酒的都很有节制，很少有人喝过量的。也喝得很斯文，没有喝了酒胡咧咧的。只有一个人例外。这人是个瘸子，左腿短一截，走路时左脚跟着不了地，一晃一晃的。他自己说他原来是“勤行”——厨子，煎炒烹炸，南甜北咸，东辣西酸。说他能用两个鸡蛋打三碗汤，鸡蛋都得成片儿！但我没有再听到他还有什么特别的手艺，好像他的绝技只是两个鸡蛋打三碗汤。以这样的手艺自豪，至多也只能是一个“二荤铺”的“二把刀”。——“二荤铺”不卖鸡鸭鱼，什么菜都只是“肉上找”——炒肉丝、熘肉片、扒肉条……他现在在汽水厂当杂工，每天蹬平板三轮出去送汽水。这辆平板归他用，他就半公半私地拉一点生意。口袋里一有钱，就喝。外边喝了，回家还喝；家里喝了，外面还喝。有一回喝醉了，摔在黄土坑胡同口，脑袋碰在一块石头上，流了好些血。过两天，又来喝了。我问他：“听说你摔了？”他把后脑勺伸过来，挺大一个口子。“唔！唔！”他不觉得这有什么丢脸，好像还挺光彩。他老婆早上在马路上扫街，挺好看的。有两个金牙，白天穿得挺讲究，色儿都是时兴的，走起路来扭腰拧胯，咳，挺是样儿。安乐居的熟人都替她惋惜：“怎么嫁了这么个主儿！——她对瘸子还挺好！”有一回瘸子刚要了一两酒，他媳妇赶到安乐居来了，夺过他的酒碗，顺手就泼在了地上：“走！”拽住瘸子就往外走，回头向喝酒的熟人解释：“他在家里喝了三两了，出来又喝！”瘸子也不生气，也不发作，也不觉有什么难堪，乖乖地一摇一晃地家去了。

瘸子喝酒爱说。老是那一套，没人听他的。他一个人说。前言不搭后语，当中夹杂了很多“唔唔唔”：

“……宝三，宝善林，唔唔唔，知道吗？宝三摔跤，唔唔唔。宝三的跤场在哪儿？知道吗？唔唔唔。大金牙、小金牙，唔唔唔。侯宝林。侯宝林是云里飞的徒弟，唔唔唔。《逍遥津》，‘欺寡人’——‘七挂人’，唔唔唔。干吗老是‘七挂人’？‘七挂人’唔唔唔。天津人讲话：‘嘛事你啦？’唔唔唔。二娃子，你可不咋着！唔唔唔……”

喝酒的对他这一套已经听惯了，他爱说让他说去吧！只有老聂有时给他两句：

“老是那一套，你贫不贫？有新鲜的没有？你对天桥熟，天桥四大名山，你知道吗？”

癞子爱管闲事。有一回，在李村胡同里，一个市容检查员要罚一个卖花盆的款，他插进去了：“你干吗罚他？他一个卖花盆的，又不脏，又没有气味，‘污染’，他‘污染’什么啦？罚了款，你们好多拿奖金？你想钱想疯了！卖花盆的，大老远地推一车花盆，不容易！”他对卖花盆的说：“你走！有什么话叫他朝我说！”很奇怪，他跟人辩理的时候话说得很明快，也没有那么多“唔唔唔”。

第二天，有人问起，他又把这档事从头至尾学说了一遍，有声有色。

老聂说：“癞子，你这回算办了件人事！”

“我净办人事！”

喝了几口酒，又来了他那一套：

“宝三，宝善林，知道吗？唔唔唔……”

老吕、老聂都说：“又来了！这人，不经夸！”

“四大名山”？我问老王：

“天桥哪儿有个四大名山？”

“咳！四块石头。永定门外头过去有那么一座小桥——后来拆了。桥头一边有两块石头，这就叫‘四大名山’。你要问老人们，这永定门一带景致多哩！这会儿都没有人知道了。”

老王养鸟，红子。他每天沿天坛根遛早，一手提一只鸟笼，有时还架着一只。他把架棍插在后脖领里。吃完早点，把鸟挂在安乐林，聊会天，大约十点三刻，到安乐居。他总是坐在把角靠墙的座位。把鸟笼放好，架棍插在老地方，打酒。除了有兔头，他一般不吃荤菜，或带一条黄瓜，或一个西红柿、一个橘子、一个苹果。老王话不多，但是有时打开话匣子，也能聊一气。

我跟他聊了几回，知道：

他原先是扛包的。

“我们这一行，不在三百六十行之内。三百六十行，没这一行！”

“你们这一行没有祖师爷？”

“没有！”

“有没有传授？”

“没有！不像给人搬家的，躺箱、立柜、八仙桌、桌子上还常带着茶壶茶碗自鸣钟，扛起来就走，不带磕着碰着一点的，那叫技术！我们这一行，有力气就行！”

“都扛什么？”

“什么都扛，主要是粮食。顶不好扛的是盐包——包硬，支支楞楞的，硌。不随体。扛起来不得劲儿。扛包，扛个几天就会了。要说窍门，也有。一包粮食，一百多斤，搁在肩膀上，先得颤两下。一颤，哎，包跟人就合了槽了，合适了！扛熟了的，也能换换样儿。跟递包的一说：‘您跟我立一个！’哎，立一个！”

“竖着扛？”

“竖着扛。您给我‘搭’一个！”

“斜搭着？”

“斜搭着。”

“你们那会拿工资？计件？”

“不拿工资，也不是计件。有把头——”

“把头？把头不是都是坏人吗？封建把头嘛！”

“也不是！他自己也扛，扛得少点。把头接了一批活：‘哥几个！就这一堆活，多会扛完了多会算。’每天晚半晌，先生结账，该多少多少钱。都一样。有临时有点事的，觉得身上不大合适的，半路地儿要走，您走！这一天没您的钱。”

“能混饱了？”

“能！那会吃得多！早晨起来，半斤猪头肉，一斤烙饼。中午，一样。每天每。晚半晌吃得少点。半斤饼，喝点稀的，喝一口酒。齐啦。——就怕下雨。赶上连阴天，惨啰：没活儿。怎么办呢，拿着面口袋，到一家熟粮店去：‘掌柜的！’‘来啦！几斤？’告诉他几斤几斤，‘接着！’没的说。赶天好了，拿了钱，赶紧给人家送回去。为人在世，讲信用：家里揭不开锅的时候，少！……

“……三年自然灾害，可把我饿惨了。浑身都膀了。两条腿，棉花条。别说一百多斤，十来多斤，我也扛不动。我们家还有一辆自行车，凤凰牌，九成新。我妈跟我爸说：‘卖了吧，给孩子来一顿！’丰泽园！我叫了三个扒肉条，喝了半斤酒，开了十五个馒头——馒头二两一个，三斤！我妈直害怕：‘别把杂种操的撑死了哇！’……”

“您现在每天还能吃……？”

“一斤粮食。”

“退休了？”

“早退了！——后来我们归了集体。干我们这行的，四十五就退休，没有过四十五的。现在扛包的也没有了，都改了传送带。”

老王现在每天夜晚在一个幼儿园看门。

“没事儿！扫扫院子，归置归置，下水道不通了——通通！活动活动。老待着干吗呀，又没病！”

老王走道低着脑袋，上身微微往前倾，两腿叉得很开，步子慢而稳，还看得出有当年扛包的痕迹。

这天，安乐居来了三个小伙子：长头发、小胡子，大花衬衫、苹果牌牛仔裤、尖头高跟大盖鞋，变色眼镜。进门一看：“嗨，有兔头！”——他们是冲着兔头来了。这三位要了十个兔头、三个猪蹄、一只鸭子、三盘包子，自己带来八瓶青岛啤酒，一边抽着“万宝路”，一边吃喝起来。安乐林喝酒的老酒座都瞟了他们一眼。三位吃喝了一阵，把筷子一摔，走了。都骑的是雅马哈。嘟嘟嘟……桌子上一堆碎骨头、咬了一口的包子皮，还有一盘没动过的包子。

老王看着那盘包子，撇了撇嘴：

“这是什么买卖！”

这是老王的口头语。凡是他不以为然的事，就说“这是什么买卖！”

老王有两个鸟友，也是酒友。都是老街坊，原先在一个院里住。这二位现在都够万元户。

一个是佟秀轩，是裱字画的。按时下的价目，裱一个单条：十四—十六元。他每天总可以裱个五六幅。这二年，家家都又愿意挂两条字画了。尤其是退休老干部。他们收藏“时贤”字画，自己也爱写、爱画。写了、画了，还自己掏钱裱了送人。因此，佟秀轩应接不暇。他收了两个徒弟。托纸、上板、揭画，都是徒弟的事。他就管管配绫子，装轴。他每天早上遛鸟。遛完了，如果活儿忙，就把鸟挂在安乐林，请熟人看着，回家刷两刷子。到了十一点多钟，到安乐林摘了鸟笼子，到安乐居。他来了，往往要带一点家制的酒菜：炖吊子、烩鸭血、拌肚丝儿……佟秀轩穿得很整洁，尤其是脚下的两只鞋。他总是穿礼服呢花旗底的单鞋，圆口的，或是双脸皮梁靸鞋。这种鞋只有右安门一家高台阶的个体户能做。这个个体户原来是内联陞的师傅。

另一个是白薯大爷。他姓白，卖烤白薯。卖白薯的总有些邋遢，煤呀火呀的。白薯大爷出奇的干净。他个头很高大，两只圆圆的大眼睛，顾盼有神。他腰板绷直，甚至微微有点后仰，精神！蓝上衣，白套袖，腰系一条黑人造革的围裙，往白薯炉子后面一站，嘿！有个样儿！就说他的精神劲儿，让人相信他烤出来的白薯必定是栗子味儿的。白薯大爷卖烤白薯只卖一上午。天一亮，把白薯车子推出来，把鸟——红子，往安乐林一挂，自有熟人看着，他去卖他的白薯。到了十二点，收摊。想要吃白薯，明儿见啦您哪！摘了鸟笼，往安乐居。他喝酒不多。吃菜！他没有一颗牙了，上下牙床子光光的，但是什么都能吃——除了铁蚕豆，吃什么都香。“烧鸡烂不烂？”——“烂！”“来一只！”他买了一只鸡，撕巴撕巴，给老王来一块脯子，给酒友们让让：“您来块？”别人都谢了，他一人把一只烧鸡一会儿的工夫全开了。“不赖，烂！”把鸡架子包起来，带回去熬白菜。“回见！”

这天，老王来了，坐着，桌上搁一瓶五星牌二锅头，看样子在等人。一会儿，佟秀轩来了，提着一瓶汾酒。

“走啊！”

“走！”

我问他们："不在这儿喝了？"

"白薯大爷请我们上他家去，来一顿！"

第二天，老王来了，我问：

"昨儿白薯大爷请你们吃什么好的了？"

"荞面条！——自己家里擀的。青椒！蒜！"

老吕、老聂一听：

"嘿！"

安乐居已经没有了。房子翻盖过了。现在那儿是一个什么贸易中心。

一九八六年七月五日晨写完

金冬心

召应博学鸿词杭郡金农字寿门，别号冬心先生、稽留山民、龙梭仙客、苏伐罗吉苏伐罗，早上起来觉得很无聊。

他刚从杭州扫墓回来。给祖坟加了加土，吩咐族侄把聚族而居的老宅子修理修理，花了一笔钱。杭州官员馈赠的程仪殊不丰厚，倒是送了不少花雕和莼菜，坛坛罐罐，装了半船。装莼菜的瓷罐子里多一半是西湖水。我能够老是饮花雕酒喝莼菜汤过日脚么？开玩笑！

他是昨天日落西时回扬州的。刚一进门，洗了脸，给他装裱字画、收拾图书的陈聋子就告诉他：袁子才把十张灯退回来了。是托李馥馨茶叶庄的船带回来的。附有一封信。另外还有十套《随园诗话》。金冬心当时哼了一声。

去年秋后，来求冬心先生写字画画的不多，他又买了两块大砚台，一块红丝碧端，一块蕉叶白，手头就有些紧。进了腊月，他忽然想起一个主意：叫陈聋子用乌木做了十张方灯的架子，四面由他自己书画。自以为这主意很别致。他知道他的字画在扬州实在不大卖得动了——太多了，几乎家家都有。过了正月初六，就叫陈聋子搭了李馥馨的船到南京找袁子才，托他代卖。凭子才的面子，他在南京的交往，估计不难推销出去。他希望一张卖五十两。少说，也能卖二十两。不说别的，单是乌木灯架，也值个三两二两的。那么，不无小补。

袁子才在小仓山房接见了陈聋子，很殷勤地询问了冬心先生的起居，最近又有什么轰动一时的诗文，说："灯是好灯！诗、书、画，可称三绝。先放在我这里吧。"

金冬心原以为过了元宵，袁子才就会兑了银子来。不想过了清明，还没有消息。

现在，退回来了！

袁枚的信写得很有风致："……金陵人只解吃鸭膗，光天白日，尚无目识字画，安能于灯光烛影中别其媸妍耶？……"

这个老奸巨猾！不帮我卖灯，倒给我弄来十部《诗话》，让我替他向扬州的鹾贾打秋风！——俗！

晚上吃了一碗鸡丝面，早早就睡了。

今天一起来，很无聊。

喝了几杯苏州新到的碧螺春，念了两遍《金刚经》，趿着鞋，到小花圃里看了看。宝珠山茶开得正好，含笑也都有了骨朵了。然而提不起多大兴致。他惦记着那十盆兰花。他去杭州之前，瞿家花园新从福建运到十盆素心兰。那样大的一盆，每盆不愁有百十个箭子！索价五两一盆，不贵！要是袁子才替他把灯卖出去，这十盆建兰就会摆在他的小花圃苇棚下的石条上。这样的兰花，除了冬心先生，谁配？然而……

他踱回书斋里，把袁枚的信摊开又看了一遍，觉得袁枚的字很讨厌，而且从字里行间嚼出一点挖苦的意味。他想起陈聋子描绘的随园：有几棵柳树，几块石头，有一个半干的水池子，池子边种了十来棵木芙蓉，到处是草，草里有蜈蚣……这样一个破园子，会是江宁织造的大观园么？可笑！[1]此人惯会吹牛，装模作样！他顺手把《随园诗话》打开翻了几页，到处是倚人自重，借别人的赏识，为自己吹嘘。有的诗，还算清新，然而，小聪明而已。正如此公自道："诗被人嫌只为多！"再看看标举的那些某夫人、某太夫人的诗，都不见佳。哈哈，竟然对毕秋帆也揄扬了一通！毕秋帆是什

1　袁枚曾说大观园就是他的随园。

么？——商人耳！郑板桥对袁子才曾作过一句总评，说他是“斯文走狗”，不为过分！

他觉得心里痛快了一点——不过，还是无聊。

他把陈聋子叫来，问问这些天有什么函件简帖。陈聋子捧出了一叠。金冬心拆看了几封，都没有什么意思，问：“还有没有？”

陈聋子把脑门子一拍，说：“有！——我差一点忘了，我把它单独放在拜匣里了：程雪门有一张请帖，来了三天了！”

“程雪门？”

“对对对！请你陪客。”

“请谁？”

“铁大人。”

“哪个铁大人？”

“新放的两淮盐务道铁保珊铁大人。”

“几时？”

“今天！中饭！平山堂！”

“你多误事！——去把帖子给我拿来！——去订一顶轿子！——你真是！——快去！——哎哟！”

金冬心开始觉得今天有点意思了。

等着催请了两次，到第三次催请时，冬心先生换了衣履，坐上轿子，直奔平山堂。

程雪门是扬州一号大盐商，今天宴请新任盐务道，非比寻常！果然，等金冬心下了轿，往平山堂一看，只见扬州的名流显贵都已到齐。藩臬二司、河工漕运、当地耆绅、清客名士，济济一堂。花翎补服，辉煌耀眼；轻衣缓带，意态萧闲。程雪门已在正面榻座上陪着铁保珊说话，一眼看见金冬心来了，站起身来，铁保珊早抢步迎了出来。

“冬心先生！久仰！久仰得很哪！”

“岂敢岂敢！臣本布衣，幸瞻丰采！铁大人从都里来，一路风霜，辛苦了！”

“请！”

“请！请！”

铁保珊拉了金冬心入座。程雪门道了一声“得罪！”自去应酬别的客人。大家只见铁保珊倾侧着身子和金冬心谈得十分投机，金冬心不时点头拊掌，不知他们谈些什么，不免悄悄议论。

“雪门今天请金冬心来陪铁保珊，好大的面子！”

“听说是铁保珊指名要见的。”

“金冬心这时候才来，架子搭得不小！”

“看来他的字画行情要涨！”

稍顷宴齐，更衣入席。平山堂中，雁翅般摆开了五桌。正中一桌，首座自然是铁保珊。次座是金冬心。金冬心再三谦让，铁保珊一把把他按得坐下，说：“你再谦，大家就不好坐了！”金冬心只得从命。程雪门在这桌的主座上陪着。

今天的酒席很清淡。铁大人接连吃了几天

满汉全席，实在是没有胃口，接到请帖，说：“请我，我到！可是我只想喝一碗晚米稀粥，就一碟香油拌疙瘩丝！”程雪门说一定照办。按扬州请客的规矩，菜单曾请铁保珊过了目。凉碟是金华竹叶腿、宁波瓦楞明蚶、黑龙江熏鹿脯、四川叙府糟蛋、兴化醉蛏鼻、东台醉泥螺、阳澄湖醉蟹、糟鹌鹑、糟鸭舌、高邮双黄鸭蛋、界首茶干拌荠菜、凉拌枸杞头……热菜也只是蟹白烧乌青菜、鸭肝泥酿怀山药、鲫鱼脑烩豆腐、烩青腿子口蘑、烧鹅掌。甲鱼只用裙边。鲟花鱼不用整条的，只取两块嘴后鳃边眼下蒜瓣肉。车螯只取两块瑶柱。炒芙蓉鸡片塞牙，用大兴安岭活捕来的飞龙剁泥、鸽蛋清。烧烤不用乳猪，用果子狸。头菜不用翅唇参燕，清炖杨妃乳——新从江阴运到的河豚鱼。铁大人听说有河豚，说：“那得有炒蒌蒿呀！——‘竹外桃花三两枝，春江水暖鸭先知。蒌蒿满地芦芽短，正是河豚欲上时’，有蒌蒿，那才配称。”有有有！随饭的炒菜也极素净：素炒蒌蒿薹、素炒金花菜、素炒豌豆苗、素炒紫芽姜、素炒马兰头、素炒凤尾——只有三片叶子的嫩莴苣尖、素烧黄芽白……铁大人听了菜单（他没有看）说是“这样好，‘咬得菜根，则百事可做’”。他请金冬心过目，冬心先生说：“‘一箪食，一瓢饮’，农一介寒士，无可无不可的。”

金冬心尝了尝这一桌非时非地清淡而名贵的菜肴，又想起袁子才，想起他的《随园食单》，觉得他把几味家常鱼肉说得天花乱坠，真是寒乞相，嘴角不禁浮起一丝冷笑。

酒过三巡，铁保珊提出寡饮无趣，要行一个酒令。他提出的这个酒令叫作“飞红令”，各人说一句或两句古人诗词，要有“飞、红”二字，或明嵌、或暗藏，都可以。这令不算苛。他自己先说了两句：“花谢花飞飞满天，红消香断有谁怜？”有人不识出处。旁边的人提醒他："《红楼梦》！"这时正是《红楼梦》大行的时候，"开谈不说《红楼梦》，纵读诗书也枉然"，不知出处的怕露怯，连忙说："哦，《红楼梦》！《红楼梦》！"下面也有说"一片花飞减却春"的，也有说"桃花乱落如红雨"的。有的说不上来，甘愿罚酒。也有的明明说得出，为了谦抑，故意说"我诗词上有限，认罚认罚！"借以凑趣的。临了，到了程雪门。程雪门说了一句：

"柳絮飞来片片红。"

大家先是愕然，接着就哗然了：

"柳絮飞来片片红，柳絮如何是红的？"

"无是理！无是理！"

"杜撰！杜撰无疑！"

"罚酒！罚酒！"

"满上！满上！喝了！喝了！"

程雪门也不知道自己怎么会诌出这样一句不通的诗来，正在满脸紫涨，无地自容，忽听得金冬心放下杯箸，从容言道：

“诸位莫吵。雪翁此诗有出处。这是元人咏平山堂的诗，用于今日，正好对景。”他站起身来，朗吟出全诗：

廿四桥边廿四风，凭栏犹忆旧江东。
夕阳返照桃花渡，柳絮飞来片片红。

大家一听，全都击掌：

“好诗！”

“好一个‘柳絮飞来片片红’！妙！妙极了！”

“如此尖新，却又合情合理，这定是元人之诗，非唐非宋！”

“到底是冬心先生！元朝人的诗，我们知道得太少，惭愧惭愧！”

“想不到程雪翁如此博学！佩服！佩服！”

程雪门哈哈大笑，连说：“过奖，过奖！——菜凉了，河豚要趁热！”

于是大家的筷子一齐奔向杨妃乳。

铁保珊拈须沉吟：这是元朝人的诗么？

金冬心真是捷才！出口成章，不动声色。快，而且，好！有意境……

第二天，一清早，程雪门派人给金冬心送来一千两银子。金冬心叫陈聋子告诉瞿家花园，把十盆建兰立刻送来。

陈聋子刚要走，金冬心叫住他：

“不忙。先把这十张灯收到厢房里去。”

陈聋子提起两张灯，金冬心又叫住他：

“把这个——搬走！”

他指的是堆在地下的《随园诗话》。

陈聋子抱起《诗话》，走出书斋，听见冬心先生骂道：

“斯文走狗！”

陈聋子心想：他这是骂谁呢？

一九八三年十月二十五日